ベリーズ文庫

財界帝王は初恋妻を娶り愛でる
～怜悧な御曹司が極甘パパになりました～

若菜モモ

STARTS
スターツ出版株式会社

目次

財界帝王は初恋妻を娶り愛でる
～怜悧な御曹司が極甘パパになりました～

一、憧れの人の恋人

寒さが少しずつ和らいでいき、そろそろ春の気配がやってきそうな二月中旬。

私、名雪紗世は友人ふたりと、代官山の洋風居酒屋に集まった。

対面に座る原田侑奈と加茂雅則とは高校からの付き合いで、私立大学生の今も学部は違うけれど変わらず仲よくしている。彼らは高校三年から交際を始め、かれこれ四年以上と長い。

高校生の頃、顔を合わせると加茂君は憎まれ口などで侑奈をからかっていた。『侑奈も加茂君もお互いが好きなんでしょう？　付き合っちゃえばいいのに』と勧めたのは私で、それからふたりは恋人同士に。

昔話はさておき、あと二週間ほどで私たちは大学を卒業する。三人だけで会うのは今日が最後だ。

ふたりはそれぞれ大阪の別企業に就職が決まり、卒業したら、向こうで同棲を開始するので準備も大変そう。

仲がいいふたりにあてられっぱなしで、彼氏などいたことのない私は正直うらやましい。

卒業を前にして現在私も多忙だ。わが家は華道名雪流の家元で、幼少の頃から生け花を習い、現在は師範。就職先は名雪流の事務所に決まっており、大学に入った頃からアルバイトをしている。

三月中旬に東京で、四月に大阪で名雪流の華道展を開くため、その準備で新年早々から忙しく動いていた。

注文していたドリンクが運ばれてきた。

「乾杯しようぜ」

加茂君がビールのグラスを持ち、侑奈と私は同じシャンパングラスを掲げる。オレンジジュースの入ったシャンパンベースのミモザというカクテルだ。

「かんぱーい。ふたりとも、こっちに戻ってきたときは連絡してね」

親友たちが大阪へ行くのをだんだんと実感してきて、急に寂しさに襲われる。

「もちろんよ。絶対に連絡するから。紗世も遊びに来てね」

「名雪もいい加減彼氏見つけろよ」

加茂君の言葉に、侑奈もコクコクとうなずく。

「そうよ。この四年間、雅則が紗世に何人会わせたと思うの？」

そう言って、侑奈は両手の指を一本ずつ折りながら紹介した男の子の名前を口にし始める。

「そうだ！　そうだ！」

加茂君も真面目な顔つきになり、ふたりに過去をほじくり返されて気まずくなってくる。ごまかすように、色素の薄いブラウンのゆるふわにウエーブのある髪のひと房を持って、目の前に持っていく。

「だって、恋人として見られなかったんだもん……」

「大学じゃ、紗世は高嶺の花って言われているものね。誰とも付き合わないって有名だったわ」

「だよな。名雪は理想が高いんだよ」

「紗世なら理想が高くたって許せるわよ。わが校のミスコンに推薦したかったのに、頑として拒否してさ。断られても強引に推薦すればよかった。絶対にグランプリ取っていたはずよ」

「もう、そんなに褒めてもなにも出ないからね。ほら、食べよう。冷めちゃうよ」

運ばれてきたときはぐつぐつしていたグラタンの上のチーズが、固まりかけている。

私たちは自分のお皿にそれぞれよそい、食べてはグラスに手を伸ばした。

それほどアルコールには強くないので、カクテル一杯とグレープフルーツサワーを二杯飲んでふわふわしている。

時刻はもうすぐ二十二時になる。そろそろお開きだ。

「紗世、大丈夫？　家に泊まってく？」

「大丈夫、大丈夫」

文京区にある自宅までは、電車で乗り換えはあるもののすんなりいけば四十分ほどで着く。

ここのお店は代官山の駅から徒歩十分ほどの隠れ家的な立地にあって、恵比寿駅からもそれほど遠くないので、そっちから帰ろうと思っている。

裕福な家に生まれた侑奈は、実家が東京にありながらも代官山のマンションを借りてひとり暮らししているので、これから加茂君がお泊まりするはず。

「いいんだよ？　雅則は帰るから。ね？」

「お、おう。気にしないで泊まれよ」

話を突然振られた加茂君は侑奈の話に合わせるが、本当のところまだ一緒にいたいのだと思う。

「ううん。明日、朝一で用事があるから」

実際は午後からの予定だけど、ここは少しの嘘で収めておこう。

会計を済ませて外へ出た。

二月の夜はまだまだ寒くて、飲んで温まった体が急に冷えてくる。

クリーム色のウエストで結ぶコートの上から、バッグにしまっていたフェイクファーのブラウンのマフラーを出して首に巻く。

三人で駅に向かって歩いていると、侑奈が急に立ち止まった。

「どうしたの？」

「あそこに小玉奈緒美がいるわ。近くで何度か見かけたことがあるけれど、あのマンションだったんだ」

侑奈が道路の向こうを示す。白いおしゃれなマンションのエントランスにブラックパールの高級外車が止まっており、その横に女性が立っていた。細身で身長が高く、腰まであるストレートの黒髪が艶めいている。

大きな円いサングラスをしているが、ガラスの色が薄いので彼女だとわかり芸能人オーラがハンパない。

小玉奈緒美は今人気の雑誌モデルで、そんな彼女を目にして驚いたが、さらに驚いたのはそこにいた男性だった。

五年前に亡くなった私の兄の親友、京極一樹さんだ。道路を隔ててだから見間違いってこともあるし、スラリとした体躯の男性なんていくらでもいるが、京極さんのような端整な顔は芸能人でもなかなかいない。

京極さんは兄が亡くなった後もときどき連絡をくれ、年に数回食事にも連れていってもらっている。最後に会ったのは、去年のクリスマス前だった。

なにより彼は私の憧れの人なので、遠くからでもわかる。

京極さんは小玉さんと笑っていて、彼女が彼に顔を近づけようとした。

そのとき、ふいに京極さんがこちらに顔を向けた。どうやら私たち三人が立ち止まって見ていたことに気づいていたようだ。でも外灯はそんなに明るくないし、私の顔まではわからないはず。

「い、行こう」

侑奈と加茂君を促して、気になるふたりから離れた。

「すごいの見ちゃったね。もう少しでキスシーンだったかも」

歩を進めながら侑奈が興奮気味に口にする。

「あんなに綺麗なんだから、恋人くらいいるよな。男もあんなすごい高級外車に乗っているんだから金持ちだよ」

加茂君も侑奈に同意するが、私の心臓は嫌な音をバクバク立てている。

「あの男の人、めちゃくちゃかっこよかったわ。でも、芸能人じゃなさそうね。ん？　紗世？　どうかした？」

会話に加わらない私を訝しんだのか、侑奈が顔を覗き込んでくる。

侑奈には、ずっと憧れを抱いている男性がいるとは話していたが、写真を見せたことはない。名前も教えていない。大親友だけれど、私の秘めたる想いを口にしたら恋の成就祈願が叶わなくなりそうで言えなかった。

その男性とは恋人になる可能性はないと伝えたので、侑奈は『年相応のボーイフレンドがいた方がいいよ』と心配し、加茂君に頼んで何人か紹介されたのだ。

「え？　ううん。なんでもないよ」

「もうっ、酔ってない？　気をつけて帰ってよね？　心配だから着いたらメッセージちょうだいね」

「わかった。あ、私はこっちだ。侑奈、加茂君、またね。私も大阪に遊びに行くから」

「ああ。気をつけて帰れよ。卒業式にな」

「紗世～、本当に寂しい。気をつけてね」

「私も寂しい……じゃあ……卒業式に！」

親友ふたりと別れるのはつらい気持ちに襲われたが、もう帰らなければならず、にっこり笑って手を振る。

ふたりは「また」と言って、私と離れて歩き始めた。

「はぁ……」

侑奈と加茂君に別れるのもつらかったが、さっきの京極さんのことで胸が痛かった。

ずっと憧れていた人が女性と一緒のところを目撃したら、ショックを受けるのは仕方ないと思う。

彼は二十九歳で、二十二歳の私とは七歳離れている。亡くなった親友の妹だから私を気にかけていただけ。京極さんにとって私は妹のような存在なのだろう。

あんな綺麗な女性が恋人だなんて……。

先ほどの顔を寄せたふたりのシーンが頭から離れず、とぼとぼと恵比寿駅に向かって足を運んでいると、少し先で車が止まるのが目に入る。

あれは……まさか。

外灯に照らされている車体を見ながらそう考えたところで、運転席のドアが開く。

すると予想通り、京極さんが外に出てきた。

彼はそのまま助手席側に回り、私をまっすぐに見る。

「なにしている？　乗れよ。送っていく」

立ち止まった私に低すぎない魅力的な声で命令をし、助手席のドアを開けて待っている。

今の今まで彼のことを考えていたら本人が突然目の前に現れ、驚きすぎて一瞬立ち
尽くした。瞬時に悟られまいと気持ちを無理に切り替えて彼のもとへ向かう。

「遠回りになるので、送らないでいいです」

京極さんの住まいは東京のシンボルタワーのすぐそばにある。

「なにを遠慮している？　もう十時半だ。ひとりで歩いていたら危ないだろう？　早
く乗れよ」

恋人といるところを目にして戸惑いもあったが、それでも数カ月ぶりに会った京極
さんとこれで別れるのは寂しい気持ちに襲われる。

「……すみません」

「すみませんじゃない。ありがとう。だろう？」

「ありがとうございます」

そう言って助手席に乗り込み、「シートベルト締めて」と声がかかってすぐ、外か
らドアが閉まった。

車の前を回って京極さんが運転席に着座する。彼はカーナビに目もくれずに、アクセルを軽く踏んで走らせた。

革の匂いのする座席から、女性ものらしきフローラルムスクの香りがする。小玉さんがここに座っていたのだろうから無理もない。

「代官山で飲んでいたのか」

「はい。友達の自宅がこの近くで」

「一緒にいた男女？」

今さらだけど、あのとき私が三人の中にいると京極さんは瞬時にわかったんだと思った。

「高校からの友人で大学も一緒なんです。ふたりは付き合っていて」

彼らが交際しているなど、京極さんがとくに知りたい話題でもないだろう。

「紗世の彼氏は来ていなかったのか？」

突然思わぬ質問をされて動揺した。

「え？　彼は……いないです」

「それはすまない。大学生だからいると思ってたよ」

私に彼がいても京極さんはまったく気にしていない。その事実が胸のモヤモヤを増長させる。

「大学生でも全員がいるわけじゃないですよ」

「そうだが、紗世は綺麗だからいてもおかしくない」

綺麗……どうせリップサービスよ。小玉さんが彼女なら、私なんて比較にならないもの。

あえてさっきの話は聞かない。ううん。聞きたくないのだ。

ちょっと卑屈になってしまい、気持ちを吹っきらなきゃと思う。せっかく京極さんといるのだから。

「そういえば、もう卒業か」

「はい。三月四日に」

「じゃあ、日にちを決めて食事に行こうか」

食事に……行こう……？

前を向いたまま誘われたので一瞬聞き間違えたのかと思い、返事ができないでいると、車が赤信号で止まり京極さんが私の方へ顔を向けた。

「俺と食事は嫌か？」

「い、いいえ。嫌じゃ、ないです」

プルプルと頭を左右に振り、京極さんに笑みを向けた。

聞き間違いじゃなかったんだ。京極さんに誘われてうれしい。

「よかった。お祝いをしよう」

「ありがとうございます」

京極さんは最高学府の経営学部を首席で卒業後、二年間アメリカの大学に留学し、日本では経営学修士と呼ばれるMBA(エムビーエー)を取得して帰国した。二十九歳の現在は、彼のお父様が経営する大手商社『京極ホールディングス』の経営戦略室に籍を置く傍ら、頭脳明晰、行動力、判断力がずば抜けて素晴らしいという彼は若いながらも専務取締役を担っている。

甘いマスクと経済力でときどきマスコミにも取り上げられ、〝経済界の帝王〟と呼ばれている。

京極家は彼が小学生の頃、文京区のわが家からごく近いところに住んでいた。京極さんが中学に上がるタイミングで、今の目黒区(めぐろく)の豪邸に引っ越しをしたが、彼は私の兄の慎一(しんいち)とは中学、高校、学部は違うが大学まで一緒だった。

京極さんが夏休みにわが家へ遊びに来てくれたとき、ものすごい量の宿題をやっていた中学一年生の私に教えてくれたことがあった。それ以来、うちに来るたび『勉強でわからないところはある?』と聞いてくれていた。兄は勉強に関しては自分でやれって言うタイプだったから、とても助けになったのを覚えている。

あの頃、私は京極さんの来訪をずっと心待ちにしていた。

兄がスキルス性の胃がんになり亡くならなければ、今でも仲のいい友人でいたに違いない。病気の進行は早く、兄は発症してわずか半年後に息を引き取った。

兄は私と年が離れているのもあって昔からとても過保護で、常に見守ってくれていた。親友である京極さんはそれを知っていたから、兄亡き後を引き継ぐかのように気にかけてくれるようになったのだろう。気づけばもう五年になろうとしている。

本来なら親しくなるはずのない遠い別世界の人なのだから、私は京極さんとこうして会えるだけで満足だと思わなければ。

それから数十分後、わが家の前に車が止められた。

代々地主としてこの土地に住み、昔ながらの二階建ての日本家屋。敷地は五百坪と広く暮らしやすいが、現在名雪流の華道教室を経営しているものの固定資産税などの税金で収入はほぼ吸い取られているのが現状。

「送ってくれてありがとうございました」

好きな京極さんと時間が過ごせたし、卒業のお祝いをしてくれる約束までできてうれしい。

「ああ。近いうちに連絡をする」

「母に会わないのですか？」

幼少の頃から京極さんを知っている母は、彼に会いたいと思うだろう。

「もう遅いからな。こんな時間に挨拶するのは迷惑だ」

「わかりました。気をつけてお帰りください。あ、降りなくていいです」

運転席のシートベルトをはずしてドアに手をかけた京極さんを止めて、外に出てドアを閉める。

助手席の窓が下げられ、こちらに身を乗り出す京極さんにペコリと頭を下げる。

「おやすみ。入って」

「おやすみなさい」

今ではなかなか手に入らない一枚杉の門扉（もんぴ）の隣の通用口を開けてから車の方へ振り返り、もう一度お辞儀をして木戸を閉めた。そこで立ち止まっていると、車のエンジン音が過ぎ去っていくのが聞こえた。

偶然会えて食事の約束までできてうれしいが、ふと小玉さんの顔が浮かぶ。

恋人がいるのにふたりで食事に行くなんていいのかな……。自分だったら嫌だけど、私なんて女性にカウントされていないんだろうな。

とぼとぼと歩を進め、自宅のドアの鍵を開けて中へ入る。

六人で暮らしていた時期もあるこの家に、今住んでいるのは母と私だけ。祖父は前立腺がんで十年前、そして夫を追うように祖母は翌年に脳梗塞で亡くなった。

両親は私が五歳の頃に父の浮気が原因で離婚している。

母が祖母の跡を継いで名雪流の家元になったのは、父と離婚する一年前。仕事に打ち込む母に不満が募った父は浮気をしたようだ。〝ようだ〟というのは、はっきり母から聞いたのではなく、兄が祖母と話をしているのを聞いたからで、そのときはショックを受けてしばらく笑顔になれなかった。

それ以来、母は名雪流のため、家族のために家元として邁進していった。

そんな母が大好きなので父のことは尋ねられず、今どこに住んでいるのか、生死さえもわからない。

リビングに母はいて、今度開く華道展の出席名簿を確認していた。

五十五歳の母は面長で一重の和風美女で、着物がよく似合う。私は父に似たようで、はっきりした二重で、瞳や髪の色が薄い。

「ただいま。まだ仕事をしていたんだ」

「おかえりなさい。今回はボールルームでフランス料理を皆さんでいただくから、座席割りをしっかり把握しないとね。寒かったでしょう？　早くお風呂に入りなさい」

華道展といっても、結婚式の披露宴を行うような大広間で行う。ここまで大規模な展示会は初の試みだ。

「うん」

京極さんのおかげで寒くはなかったが、彼に送ってもらったと言ったら上がってもらえばよかったのにと返ってくるのがわかっていたから、彼のことを口にせずにリビングを後にした。

廊下に出てすぐ階段があり、私は二階の自分の部屋へ向かう。

間取りは一階にリビング、応接室、キッチンとダイニングルーム、母の部屋に生前の祖父母の和室二間、お風呂と洗面所。二階には四部屋あるが、私のひと部屋しか使っていない。

華道教室のお稽古の場は、離れの茶室になっている。

ふたりで暮らすには広すぎる家だ。庭も四百坪以上あり、樹木などの手入れにも庭師を雇うので維持費がとてもかかる。

お風呂から上がりスキンケアを済ませてから髪をドライヤーで乾かし、キッチンで炭酸水のペットボトルをコップに移して飲む。それからリビングを覗いてみると、母はもういなかった。時刻はもう一時になるので、たいてい二十四時に就寝する母がいないのは無理もない。

私も早く寝なきゃ。もう今日だが、華道展の打ち合わせが十三時からある。

二階の自室に入りベッドに横になると、京極さんと小玉さんの仲のよさそうなあのシーンが目に浮かぶ。

京極さんと芸能人か……意外だったな。京極さんならどんな女性も選り取り見取りだものね……。

自分には手の届かない人だと痛感した。

別のことを考えないと眠れなくなる。

壁の方へ体の向きを変えて、今までやったことのない最大級の華道展について考え始め、しだいに眠りに落ちていった。

翌日の日曜日、上野駅からほど近い湯島にある名雪流の事務所に、イベント企画会社の社長と副社長が打ち合わせにやって来た。

中山社長は五十代くらいの口ひげを生やした中肉中背の男性で、副社長は三十代くらいの角谷（かくたに）という女性。彼女は一年前まで大手広告会社で働きクリエイターとして何度も賞を取っているとイベント会社の実績などが書かれたリーフレットにあり、今回の華道展のポスターや招待状のハガキなどのデザインも角谷さんが担当した。

このイベント会社を紹介してくれたのは、うちと取引をしている大手の花屋『W（ダブル）ファクトリーフローランス』の我妻克己（わがつまかつみ）社長だ。

父親から事業を任され、去年三十五歳で社長になっている。業界では毎月花を届ける販売システムをいち早く構築するなど、やり手の社長らしい。

私も一度、母に同行して我妻社長から懐石料理の接待を受けたことがあった。そのときの印象はあまり残っていない。気さくなごく普通の男性だった。

華道展は高輪（たかなわ）にある高級ホテルの大広間を借り、初日から三日間は師範たちの作品を展示して入場無料で観覧客を募り、最終日は展示した師範三十名と食事会をする予定で、名雪流では初の試みになる。

そして、大阪でも同じく四月に華道展が決定している。

師範からの参加費、花などにかかる実費は徴収するが、このイベントは名雪流をより広く世間に知ってもらうために、東京と大阪で宣伝費もかけて約一千万円もの投資をする。

大金を投じることに不安はあったが、家元の母は将来私に名雪流のすべてを託すまでに、少しでも裾野を広げておきたいという思いで一大決心したようだ。

今日は費用の三分の二にあたる六百万円を前金として支払う日で、最終的な打ち合わせになる。手渡しでの支払いのため母は大金を用意していた。現金払いだと少し割引してくれるとの提案を受けた形だ。

「招待状の印刷がこちらの手違いで遅くなっており申し訳ありません。水曜日にこちらに届くようにしておりますので」

角谷さんがすまなそうな顔で謝罪する。

「必ずお願いします」

まだ三週間ほどあるし、生徒さんには師範から口頭で華道展があると伝えてあるので集客の心配はいらないかと思うが、やはり招待状は一カ月前に送っておきたかった。

「素敵な展示会になること間違いないですね」

角谷さんが笑顔で書類を母の前に置く。

「ええ。あのホテルなら一流ですから、うちの名雪流にもはくがつくというものです」

「いやはや、こんなに美しい家元がおられるし、その上、透明感のある綺麗なお嬢さんが次期家元なら、大成功間違いないですよ。機会があれば習ってみたいと思いますから」

中山社長はそう言って豪快に笑う。

私の前にポスターが広げられる。母が生けた豪華な生け花の写真だ。

「まあ。中山さん、ぜひ習いにいらしてください」

母は書類にサインをして、中山社長ににっこり笑いかけた。

「考えておきます」

中山社長は朗らかに笑い声をあげる。

書類の横に六百万円の束を置いた母に、中山社長と角谷副社長は丁重に頭を下げて、アタッシェケースの中へしまう。

「お預かりしてホテルへの支払いを明日済ませますから。またご連絡します。ホテルのボールルームが使えるのは華道展の二日前からですので」

中山社長は六百万円の領収書を母に手渡す。

「よろしくお願いいたします」

私も隣の母にならって頭を下げた。

中山社長と角谷副社長が事務所を出ていき、母が「ふぅ～」と息を吐く。大金をつぎ込んでこの展示会にかけているので、ここまで来てホッと安堵したのだろう。

「あとは我妻さんのところで、花材を確認しないとね」

展示会は三週間後になる。

「はい。今日は師範の花材を個々に確認します」

事務所では私はいち従業員なので、母が家元でも敬語を使う。今日は日曜日で、社員は休みでふたりきりだけれど、けじめはつけることになっている。

「頼むわね。私はこれからお稽古だから、自宅へ戻っているわ」

「はい」

母は今シックなブラウンのワンピース姿で、自宅に戻ってお稽古のために着物に着替える。

母が事務所を後にして、私は奥の給湯室に歩を進めてインスタントコーヒーを淹れる。好みは牛乳たっぷりのカフェオレなのだがここにはないので、砂糖だけを入れてスプーンでかき混ぜながらデスクに戻った。

三日後の水曜日。宅配便で届く招待状を事務所で待っていたが、夕方になってもまだ届かない。

思わずため息を漏らすと、三十代の女性事務員、工藤千鶴子(くどうちづこ)さんがキーボードを打つ手を止めた。

　ほかの事務員はあと五人いるが、師範の彼女たちは用事のあるときだけ出社する。常時いるのは工藤さんともうひとりの事務員だったが、つい先週辞めた。最近では工藤さんと私で事務処理をしている。

「届かないですね」

　私のため息に、彼女は招待状の件なのだろうと見当をつけたよう。

「今日から宛名を書き始めないと……」

「どこの宅配業者で送ったのか聞いてみたらいかがでしょうか?」

「そうですよね。電話してみます」

　デスクの一番上の引き出しを開けて中山社長の名刺を取り出し、電話をかけてみる。呼び出し音を十五回ほど鳴らしたが、応答がないため通話を切った。

「出られませんでしたね……」

「出先かもしれないですし、メールを打ってみます」

　中山社長のアドレスにメッセージを入れて送るが、二十時まで待っても返事はこなかった。

　工藤さんは退社して、私だけが残っている。

配達は二十一時までだからあと一時間待とう。明日になったら時間のロスだものね。

「だけど、どうして折り返しの電話も、メッセージの返信もないのかな……」

独り言ちたとき、ふいに事務所の電話が鳴り響き、驚いて肩がビクッと跳ねた。

中山社長⁉

「もしもし、名雪流――」

《紗世、私よ》

母だった。

「お母さん。中山社長かと……」

《まだ宅配便は来ないの？》

「はい……。二十一時まで待ってから帰ります」

壁時計へ視線を向けると、現在は二十時十分。

《招待状、急いでいるってわかっているのに、連絡もないなんてルーズすぎるわね。角谷さんにもかけたんだけどつながらないのよ》

招待状が届いていないことは夕方母に連絡を入れたので、中山社長の対応に苛立っている声に聞こえる。

《悪いけど、もう少し待ってね。二十一時に連絡をちょうだい》

「はい。わかりました」

通話が切れ、受話器を置いて「はぁ」とため息を漏らす。

「今日はため息ばかりだわ。待っているとなかなか来ないものよね」

パソコンにメッセージがきていないか確認するが、やはりなかった。

結局のところ、二十一時まで待ってみたが招待状の束が来ることはなく、母に連絡を入れてから事務所を後にした。

自宅に戻ると、玄関で母が出迎えてくれる。

「おかえりなさい。ご苦労さま。今日は寒かったから鍋焼きうどんを作ったの。手を洗って食べましょう」

「ただいま。うん。鍋焼きうどん、うれしいわ」

ブラウンのチェスターコートを脱いで玄関の端にあるコート掛けにつるし、手を洗いに洗面所へ向かった。

手洗いうがいを済ませてダイニングルームへ行くと、鍋敷きの上に熱々の鍋焼きうどんが用意されていた。

「いただきます」

ふたりで鍋焼きうどんを食べながらもくつろげず、テーブルには中山社長の連絡を待つ母のスマホが置いてあった。

翌朝、事務所へ向かい荷物の到着を待つ。それと同時に中山社長と角谷副社長にも電話を入れるが、なしのつぶてだった。

これだけ連絡がないなんておかしくない……？

そこはかとなく不安が生まれてくる。

「まだ連絡が取れないのはおかしくないですか？」

工藤さんも懐疑心が出てきたみたいだ。

「私、ボールルームの予約をホテルに確認してみます」

まさか予約がされていないなんて大それた事態ではないと思うが、ホテルの担当者と話ができれば安心するだろう。

「お願いします」

私は連絡があったときのために待機しようと思い、工藤さんにホテルの宴会課の担当者の名刺を渡す。工藤さんが通話し始めてすぐ、インターホンが鳴った。

ドアを開けると宅配便の男性でホッと安堵したが、大きな荷物の差出人を見てがっかりする。待ちかねていた招待状の梱包物ではなかった。

「ご苦労さまです。あの、ほかにも荷物は、ない……ですよね？」

「はい。今日はこれだけです」

「ありがとうございました」

サインをした伝票をしまった配達員の男性がドアを出ていった。

ここの業者じゃなかったわ……。

頼んでいた窯元から送られてきた花器だった。華道展のために目玉となる有名陶芸作家の花器を五点ほど選んだのだ。

がっかりして、席に戻ろうと電話中の工藤さんの方を見遣る。

彼女はがくぜんとした表情で、私と目と目を合わせる。

「はい……はい。わかりました。とりあえず、失礼いたします」

工藤さんは通話を切り、居ても立ってもいられない様子で椅子から立ち上がった。

「紗世さん、大変です！　ボールルーム、予約されていません！」

「ええっ⁉　どういうことですか？」

立ち上がった工藤さんのもとへ駆け寄る。血の気が一気に失せるような感覚だ。

「予約はされましたが、その後キャンセルに」

「……な、中山社長に電話しなくちゃ！」

スマホを手にし、鼓動がドキドキと嫌な音を打ち鳴らすのを感じながら、中山社長へ電話をかける。

——カチャ。

出た！と思った次の瞬間。

《お客様がおかけになった電話番号は現在使われておりません》

心臓がギュッと鷲掴みされた。

角谷副社長へもかけてみるが先ほどと同じアナウンスが流れ、ガクッと椅子に座り込む。

「工藤さん、どうしよう……電話が解約されているみたいなんです」

「家元に電話をします！」

工藤さんは母へ電話をかけ始めた。

冷静にならなきゃと思うのに、心臓が不規則に暴れて頭の中がぐちゃぐちゃで整理ができない。

どうして電話が解約されているの？　それもふたりとも。

うちは……詐欺に遭ったの……？

ホテルも一度は予約されたものの、キャンセルされていた。

六百万円を受け取ってすぐに逃げたんだ。

隣で工藤さんが母に説明をしている。

「家元がすぐにいらっしゃるそうです」

電話を切った彼女も当惑しているが、「落ち着きましょう。コーヒー淹れてきます」と言って席を立った。

母がやって来たのはそれから三十分後で、一緒に表参道（おもてさんどう）駅近くにある中山社長の事務所へ向かう。マンションの一室を事務所にしていて、エントランスでチャイムを鳴らすも不在だった。

母は紹介者であるWファクトリーフローランスの我妻社長にも電話をかけたが、社長も寝耳に水で驚いていたそうだ。

警察に被害届を提出して自宅に帰宅したのが十八時過ぎ。私も母も放心状態で、ぐったりとソファに座った。

母は顔を両手で覆い、重いため息をついている。

これからやらなければならないことはたくさんあるのに、頭と体が追いつかない。

「もう終わりだわ……名雪流の恥」

母のつぶやきに驚いて息をのむ。

「お母さん、終わりって……」

事の重大さはわかっているが、〝終わり〟とは……？

大きく息を吸い込んでから顔を上げた母は悲痛な面持ちで、私の胸はギュッと締めつけられる。

「お金が戻ってこなければ多額の借金が残ることになるわ」

「借金は……六百万――」

「花器もたくさん購入しているわ。経費が……あぁ……今は考えられないわ」

母がうなだれる。その姿を見ていると、今にも倒れてしまうのではないかと思うほどだ。

「会場のホテルが取れていないし、早く師範たちに連絡しなきゃ」

私がそう口にしたとき、インターホンが鳴った。ソファから立ち上がり壁に設置されているモニターの前へ立つ。

画面に映るのはWファクトリーフローランスの我妻社長だった。

「お母さん、我妻社長よ」

モニターの通話ボタンを押して「今行きます」と言ってから、サンダルをつっかけて通用口へ向かった。

扉を開けると、紺色のスーツ姿の我妻社長が立っており表情は困惑顔だ。

「紗世さん、状況を知りたくて。時間も考えずに来てしまいすみません」

「いいえ……あの、どうぞ」

中山社長を紹介したのは我妻社長なので、責任を感じている様子に見える。

招き入れて案内した先の玄関では、憔悴しきっている母が我妻社長を待っていた。

「家元、このたびは……私の責任でもあります」

「まさか、大金を持ち逃げされるなんて夢にも思いませんでした。我妻社長、どうぞ、お上がりください」

「食事をする時間がなかったのではないですか？　私が贔屓にしている料亭でお弁当を作ってもらいました。後で召し上がってください」

「まあ……お気遣いありがとうございます。どうぞ」

ショッパーバッグを受け取った母は、我妻社長を応接室へ案内した。

私はコーヒーを淹れにキッチンへ足を運ぶ。

三人分のコーヒーを淹れて応接室へ行くと、我妻社長と対面に座る母は神妙な面持ちで話をしていた。

カップとミルクと砂糖をめいめいに置き、母の隣に腰を下ろす。

「我妻さんにも注文していた花材をキャンセルすることになり、申し訳ありません」

母が頭を下げる。

「とんでもありません。中山社長を紹介しなければこんなことにならなかったのにと、私の方こそ申し訳ない気持ちでいっぱいです」

「中山社長はいい方に見えました。お仕事もバリバリされているように……。楽しみにしていた華道展ができなくなり、今はどうしていいのかわかりません……」

「また後日に延期をされてはいかがでしょうか？」

「延期なんて……資金がありませんわ」

「今回の件は私にも責任があります。どうか援助をさせていただけないでしょうか？」

「え？　援助……？　援助していただいてもお返しするのはいつになることか……」

母が隣に座る私へ視線を向ける。

名雪流は終わりだと言っていた母に、希望の光が見えてきたのだろうか。

でも私は首を左右に振って母に応える。

去年から名雪流の経営に携わっているので、今回のことで財政難に陥りかなり危機的状況なのはわかる。援助されても、母の言う通りお返しできるのは何年後になるのか……。ううん、返済なんてできないかもしれない。

「我妻社長、お気持ちはうれしいのですが、ご援助はお断りします」

母がその気にならないうちに、私がきっぱり言いきる。

「紗世さん、実は援助を申し出たのは、あなたと結婚を前提にお付き合いさせていただきたいと思ってのことなんです」

「ええっ？」

思わず驚きの声をあげて、母と顔を見合わせる。

「我妻社長、娘と結婚をしてもいいとおっしゃっているのですか？」

「ええ。紗世さんに以前から好意を持っていました。紗世さんのような綺麗なお嬢さまが私の妻になってくださったら、こんなうれしいことはありません」

我妻社長の話に私は驚愕した。

そんな私に我妻社長の視線が向けられ、彼の特徴のない顔に照れた笑みが浮かぶ。

「紗世さん、驚かせてすみません。出会った頃から気になっていたんです」

私が我妻社長と出会ったのは、事務所でアルバイトを始めた二年前からだ。

「私は三十五歳で紗世さんは二十二歳。ひと回り以上も年が離れているのは充分承知しています。そのぶん結婚したら、苦労は絶対にかけません」

「突然のことで……ねえ、紗世」

「はい。私はまだ結婚なんて考えていないので……」

それに私の心には京極さんがいる。京極さんと相思相愛になれるわけがないのはわかっているけれど、仕事で数回会っただけの我妻社長と結婚なんて考えられない。

「紗世さんが我妻家へ嫁に来てくださった際には、私が名雪流を盛り立ててみせます」

彼は私から母へ目を向け、両手を膝の上に置いて深く頭を下げた。

我妻社長を門まで見送り、母とふたりでリビングのソファに無言で腰を下ろす。

「……さっきの話、紗世はどう思う？」

「我妻社長と結婚なんて……仕事で数回会っただけだからどんな人かもわからないし……」

でも、断れば名雪流はどうなっちゃうの……？

「お付き合いをすれば、わかってくると思う。我妻社長は成功しているし、紗世に苦労はさせないと言ってくれているわ。でも、紗世の気持ちを重視したいの」

「お母さん……うん。考えさせて……」

「とりあえず、明日は師範たちに連絡しないとね。我妻社長が持ってきてくれたお弁当をいただきましょう。気のきく方よね。料理をする気持ちにもならないから助かったわ。お茶を入れるわね」

母はそう言ってキッチンへ消えていった。


詐欺が発覚してから一週間が経った。

まだ中山社長と角谷副社長は見つかっておらず、あの日からずっと気が重いまま過ごしている。

当然、師範たちは驚き、母になんとか開催できないものかと詰め寄る人もいた。

開催するはずだったホテルで同日にやらない限り、たくさん刷ったポスターは無駄になる。母も開催できればと考え問い合わせをしたが、大小すべての会場はすでに埋まっているようだ。仮に空きがあったとしても費用の捻出は無理難題で、もはや絵空事でしかないのだが、母はほかのホテルにも尋ねたりと、どうにか実施できないものかと必死に模索しているようだった。

苦境に陥ったせいで母は食欲がなくなり、この一週間で三キロ体重が減ったそうだ。標準体重を下回る母はげっそりした印象になってしまった。

「お母さん、少しは食べないと倒れちゃうわ」

「胃に入れると吐き気がするのよ……。明日は大学の卒業式だというのに、行けなくてごめんなさいね」

大学の卒業式に親が出席する家庭もあるが、それほど多くないだろう。とくに秀でた才能で表彰されるわけでもないから、母が来なくてもかまわない。

「ううん。気にしないで。少しだけでも食べてほしいけれど……」

胃に入れると吐き気がすると言われては強引に勧められない。

「体が心配だから病院へ行ってほしいの。私にはお母さんしかいないんだから」

「……そうね。今倒れてなんていられないわね」

「うん。明後日なら付き添いできるわ。じゃあ、私はチャーハンでも作って食べるから、お母さんは休んで」

母が病院に行くと言ってくれてホッとした私は、キッチンへ行こうと背を向けた。

「あ、紗世」

背後から呼ばれて振り返る。

「明日の着付けは私がやるからね」

「自分でできるわ」

「そうだけど、やらせてほしいのよ」

母は名雪流の家元を継いだ後も子育てはしっかりしてくれていたので、学生最後まで手をかけたいのだろう。

「わかったわ。ありがとう。お母さんの方がもちろん上手だしね」

「そうよ。それに友達と食事をしてくるんでしょう？　終わるまでもたせないとね」

小さく微笑んだ母もソファから立ち上がり、部屋を出ていった。


翌朝。朝食を慌ただしく食べ終え、自分で色素の薄い茶色の髪をハーフアップにして髪飾りをつける。

メイクも終わっており、あとは着付けだけ。

着物と袴一式は、今は使われていない祖父母の部屋に用意してあるので、自室を出て母を探す。

リビングやキッチンにはいなかったので、すでに祖父母の部屋にいるのかも。

廊下を進み祖父母の部屋に歩を進めると、障子が開いていた。

やっぱりここにいたんだ。

一歩近づいたとき、部屋の中から母の声が聞こえた。

「名雪流はどうなってしまうのでしょうか……」

すぐに、母が仏壇に手を合わせて話をしているのだとわかった。

「すべて私のせいです……」

母だけのせいじゃない。もちろん家元として諸々の決定権は母だったけれど、あの企画会社に不審なところは感じなかった。しかも我妻社長の紹介だったし……。

中山社長と角谷副社長はうちと商談を進める中、大金が入り用になったのかもしれない。もしそうだとしても、彼らを擁護するなんて気持ちはさらさらない。

お金を返してほしいだけ。

開いていた障子から顔を覗かせると、仏壇の前で正座をしている母のうしろ姿があった。

「……お母さん」

私の声に肩をピクッとさせた母は、手を顔の方にやってから振り返る。それからすっくと立った。

「綺麗にハーフアップにできたわね。じゃあ、着付けてしまいましょう」

「う……ん」

母の目は少し赤いような気がするが、すぐに台の上に置いてある肌襦袢（はだじゅばん）の方へ体を向けたのでわからない。

なにか言葉をかけなきゃと思うが、母の様子に当惑して無言になってしまう。

「ほら、なに突っ立ってるの？　服を脱いで下着を身につけて」

「あ、はいっ」

機敏ないつもの母に戻っていて、急いでブラウスとスカートを脱いだ。

振袖は鮮やかな赤で、雪輪に菊牡丹の柄が入っており華やかだ。黒の袴を合わせ、メリハリのあるはっきりした和装にした。というのも、普段は華道家として主役の作品を邪魔しない、強すぎない色合いを選んでいるため、赤い着物は憧れだったのだ。

やはり母の着付けはうまい。これなら着崩れることなく帰宅できそうだ。

「素敵よ」

鏡に映る自分の姿をチェックしていると、隣に立った母がにっこり笑う。

「こんなに鮮やかな赤の着物は初めてだから、なんだか恥ずかしい」

「恥ずかしがらないで。本当に綺麗な娘になったわ」

「自分の子どもだからそう言うのよ」

「そんなことないわ。誰が見ても綺麗だと思うわ。我妻社長だって、そう言っていたでしょう？」

ふいに我妻社長を思い出し、どんよりした気分に襲われる。

「お世辞で言ってくださったのよ。あ、もう時間だわ。お母さん、着付けありがとう」

我妻社長の名前を再び出されないうちに出かけるそぶりを見せる。

「あら、もう行くの？　門で写真を撮ろうと思っていたのに」

「友達に撮ってもらって後で送るわ。いってきます」

部屋を出て、リビングのソファに置いていたバッグを手にして玄関へ向かった。

電車に乗り大学の最寄り駅に近づくと、袴姿の女子大生やスーツを着た男子学生が目立ってきた。

侑奈と加茂君のふたりと待ち合わせしているのはキャンパスの門だ。

敷地内に入っていく卒業生たちは晴れやかな表情で、私も詐欺の件がなければ同じくそんな顔だっただろうと思う。

今は明るい気分になれないまま、ふたりを待つ。

これからどうすればいいんだろう……。

「紗世～」

クリーム色の着物に紺色の袴姿の侑奈が、手を振り近づいてきた。

髪をアップにして花のかんざしを挿している。和装の侑奈を見るのは初めてだ。

「わぁ～、紗世、すごく綺麗よ。さすが着物に慣れているだけのことはあるわ。私なんて、ぎこちないでしょう？」

「ううん。そんなことないよ。侑奈がこっちに来る姿に見惚れていたの」

「もーう、お世辞はいいの」

侑奈はあっけらかんと笑う。

「お世辞じゃないって。加茂君もきっと惚れ直すよ」

そこへ紺色のスーツでビシッと決めた加茂君が現れた。侑奈の袴とスーツの色が同じだ。

身長が百七十五センチあるのでなかなかかっこいいが、京極さんと比べてしまうとまだまだ男の色気というか、いで立ち、佇まいなど、桁違いで比較にならない。

暗い気分だけれど、京極さんとの約束を思い出すと少し晴れる。

「おっ！　ふたりとも別人みたいだな。綺麗だよ」

「別人って。ほかの言い方ないの？」

侑奈がふざけて頬を膨らませる。

「綺麗だって言っただろ。本当に見違えるようなんだから仕方がない」

「まあ、雅則に気のきいた言葉を言わせようとした私が悪いか。紗世、行こう」

ふたりの会話を聞いていたら侑奈に腕を引っ張られた。

講堂に入り、決められた席に着く。加茂君は学部が違うのでしばしのお別れだ。

侑奈の隣に座って、壇上の生け花へ視線を向ける。つい華道家ゆえの目線で見てしまうのだ。お祝いの式典らしい、華やかで豪華な花が生けられている。

「ねえ、紗世。門に立っているときから表情が暗かったけれど、なにかあった？」

「え？」

壇上の生け花から侑奈に顔を動かす。彼女は首を少し斜めに倒している。

詐欺の件を話すつもりはなかったのに、親友の侑奈には私の表情ひとつで気持ちがバレてしまった。

私が彼女なら話してほしい。でも、今周りに人がいるこの場で口にはできない。

「紗世？」

「うん。ちょっとしたことがあって。後で聞いてくれる？」

「もちろんよ。式典が終わったらゆっくり聞かせて」

侑奈は私を励ますような笑みを浮かべた。

大学の謝恩パーティーは来週の土曜日の昼間にあり、今日は卒業式を終えた仲のいい友人たち十人で食事をする予定になっている。

加茂君の友人と私たちの友人、男女各五人ずつで集まる卒業祝いパーティーだ。

式典の後、約束の時間までまだ二時間ほどあるので、加茂君に断って私と侑奈は近くのコーヒーショップへ向かった。

「はぁ～、この格好はけっこうつらいわ。平然としていられる紗世がすごいよ」

カウンターでカフェラテを受け取った侑奈は窓際の席に腰を下ろして、開口一番ぼやく。私の手もとにもソイラテがあり、冷たい手を温めるようにして持っている。

「小さい頃から着物を着ていたから、できない方がおかしいよ。最初の頃は大変だったわ」

「苦労の末の今の紗世なんだね」

「だね」

小さく微笑み、手を温めていたソイラテをひと口飲む。

「……侑奈、私、華道展を開くって言っていたでしょう？」

「うん。どうかした？」

「詐欺に遭ったの」

「ええっ⁉　詐欺？」

　侑奈は驚愕して椅子から腰を浮かせた。

「そう。華道展の費用六百万円を企画会社に支払ったんだけど、連絡が取れなくなって。華道展を終わらせてから支払えばよかったんだけど、前金で渡してしまって」

「六百万円？　企画会社は？」

　身を乗り出す侑奈に、首を左右に振って応える。

「連絡が取れなくて会社へ行ったんだけど、いなかった。その後警察署に届け出をして、大家さん立会いのもとに警察官がドアを開けたら、散らばった書類とかで部屋が乱雑な状態で、急いで出ていった様子だと伝えられたの」

「逃げたってことなのね……」

「うん……詐欺に遭ってしまって、うちは今大変な状況に陥っているってわけ」

　我妻社長のプロポーズの件は侑奈に言えない。余計な心配をさせてしまうから。

「だから暗い顔をしていたんだ……かわいそうに。それで今後はどうなるの？」

「わからない。有名な陶芸家が作った花器を何点か購入しているのもあるし、返品もできないから支払わないと。今回ざっと一千万円かかる計算なの」

「うわ……そんな金額が……」

「母も落ち込んで、ずっと悩んでる。食事も喉を通らなくて」

仏壇の前に座る母を思い出して顔がゆがむ。

「紗世の体調はどう?」

「私は問題ないよ。ありがとう」

「よかった。今日だけでも気が紛れたらいいんだけど」

そう気遣ってくれる侑奈だけど、心配そうな表情は変わらない。

「うん。最近おいしいものも食べていないし、ぱあっと気分転換したいな」

落ち込んだ気分が侑奈に伝染してほしくなくて、にこっと笑った。

友人たちと楽しい時間を過ごしている間も詐欺の件は頭から離れず、まだみんなが飲みに行くという中、断って二十一時過ぎに帰宅した。

「ただいま」

玄関から電気のついているリビングの方向に声をかけるが、いつも『おかえりなさい』と言ってくれる母の声がない。

「お風呂かな」

草履を脱いでリビングに歩を進め、私は息をのんだ。

「お母さんっ！」

母がソファの下に横たわっていたのだ。

手荷物を投げ出して母に駆け寄る。

「お母さん！　お母さん！」

声がけに母がうっすら目を開けた。

「……紗世、ちょっと気分が悪くて……目眩を……驚かせ、ちゃった……わね」

体を起こそうとする母だが、ぐらっと揺れて床におでこをつける。

「お母さん、救急車呼ぶわ」

呼吸も苦しそうで、ソファの背もたれにあったひざ掛けを母の体に掛けて電話のもとへ走った。

救急車は五分後に到着した。急いで私服に着替えた私も一緒に乗って、近くの大学病院へ向かう。

救急外来に運ばれ母が診察を受ける間、廊下のベンチで両手を組み、たいしたことがないように祈りながら待った。

三十分くらい経っただろうか。診察室のドアが開いて医師と看護師が姿を見せた。

「名雪さんの娘さんでよろしいですか？」

慌ててベンチから立ち上がる私に、医師が確認してきた。

「はい、娘です」

「明日、詳しく検査をしなければなりませんが、脱水症状に加えて胃潰瘍のようです」

「胃潰瘍……。母は最近食事をすると吐きたくなると」

倒れる前に病院へ連れていけばよかったと後悔する。

「今夜は入院して脱水症状の点滴をしましょう。明日の午後、胃カメラ検査をします。お母さんは今眠っているので、少ししたら病室に移しますから」

「あの、そばにいられますか？」

「いえ、完全看護なので。帰宅してあなたもゆっくり休んでください。お母さんは大丈夫ですよ。明日のことは看護師が案内します」

「わかりました。先生、よろしくお願いします」

お辞儀をすると、医師も頭を下げて診察室へ戻っていった。

それから看護師に明日の話を聞き、出口に案内されて大学病院を後にした。

救急車で運ばれた大学病院は自宅から車で七分ほどのところにあって、徒歩でも帰れる距離だったので、二十三時前には家に戻った。

お風呂に入りパジャマに着替えて、キッチンでホットミルクを作る。

電子レンジから温まったマグカップを取り出し、リビングのソファに腰を下ろす。

母は重責にさいなまれて体調を崩してしまった。

お金のことが解決しない限り、母の気持ちは休まることはないだろう。胃潰瘍だとしたらさらに悪化させかねない。

「はぁ……」

私が我妻社長と結婚すればいいのはわかっている。あの人と結婚したら、名雪流を盛り立ててくれると言っていた。母の悩みも解消される。

でも……我妻社長が私の旦那様になっている想像ができない。

私の脳裏に浮かぶのは京極さんだから。

重いため息をつき、マグカップに口をつけた。

母の病状はやはり胃潰瘍だったが、出血はしておらず薬で治療していく方向になった。脱水症状も運ばれた翌日には改善され、母が少し元気を取り戻している様子に安堵した。

母の検査を待つ間、大学病院内のコンビニでおにぎりとお茶のペットボトルを選ぶ。

急いで出てきたので時間をつぶすものがなく、なにか雑誌でも買おうとコーナーの前に立ち、一瞬で目を引かれた。

そこには女性週刊誌の表紙に書かれた〝モデルの小玉奈緒美の結婚相手〟の文字。

小玉さんの結婚相手……。

脳裏に京極さんが浮かび、思わずその女性週刊誌を手にしてレジへ進んだ。

母の病室のパイプ椅子に座り、すぐに女性週刊誌を開いて小玉さんのページを探す。

鼓動がこれ以上ないほど暴れている。

パラパラとページをめくり、小玉さんの記事を見つけた。

男女が街を歩いている写真が大きく載っていた。白黒の写真で、京極さんの目のところだけ黒く塗られているが、仲がよさそうに笑い合っているのがわかる。

文章には〝今人気上昇中のモデル小玉奈緒美のお相手、京極ホールディングスの御曹司〟とあって、ふたりは幼なじみだと書かれている。社長令嬢の小玉さんと御曹司の京極さんの結婚で、会社は合併するのではないかとも推測されている。

京極さんの経歴や容姿まで事細かに書かれており、美男美女の結婚は秒読み段階だとあった。

ショックを受け、ズキッと胸の痛みを覚える。膝に雑誌を広げたままぼうぜんとしていたら、すべり落ちてバサッと床の上に落ちた。

のろのろと体を屈めて拾い、顔を上げた私は表情をくしゃっとゆがめた。

食事に誘われたが、その後日程について連絡はない。

京極さんは小玉さんと結婚するんだ。

私には手の届かない人だったけれど、現実を突きつけられて空虚感に襲われた。

夕方、母は退院した。徒歩でも帰れる距離だが、タクシーに乗って自宅へ向かった。

「紗世、迷惑をかけちゃったわね。ごめんなさいね」

リビングに入ってソファに座った母が、申し訳なさそうな顔になる。

「ううん。お母さん、無理かもしれないけれどあまり考えすぎないで。明日から私が代理で事務処理をするから、しばらく体調がよくなるまでゆっくりしてね」

「そうもいかないわ。胃潰瘍はそれほどひどくないんだから、寝てなんていられない」

母は言うことを聞いてくれない。

私はきゅっと唇を噛んでから、対面のソファに座る。

京極さんの結婚秒読みの記事がずっと重くのしかかっていた。

「お母さん、私……我妻社長とのこと、考えてみようと思うの」

つらくて口にするのもやっとだった。

母は「え?」と目を見開いた。

「……いいの?」

「うん。ちゃんと会って、我妻社長のことを知ろうかなって」

無理強いはしないけれどホッとしている母の様子に、やはり私が結婚するのが一番いい解決なのだと思った。

「だから、お母さんは体を治すことだけを今は考えてほしいの」

「紗世……わかったわ。二、三日ゆっくりさせてもらうわね」

「そうして。じゃあ、夕飯はお粥でいい?」

立ち上がって、壁にかかっている時計へ視線を走らせる。もう十八時になろうとしていた。

「自分で作るわよ」

「いいの。お母さんみたいにおいしくできないかもしれないけど、作らせて」

母のもとを離れ、キッチンへ足を運んだ。

二、大人の世界への一歩

月曜日。事務所に出勤した私は、工藤さんと手分けして、母のお稽古の生徒さんに今週はお休みすることを連絡した。

私がお稽古を受け持っているのは初心者で、事務所の一室で週四回教えている。生徒さんは仕事帰りの会社員が主である。初心者なのでまずは生け花に慣れ親しんでもらえるように、楽しいお稽古を心掛けている。

「紗世さん、花材のキャンセルもしておきます」

工藤さんに言われてうなずきかけたが、我妻社長の会社への連絡なので私からしようと思い立った。

「あ、私が連絡します」

我妻社長から以前もらった名刺を出して、スマホから電話をかける。

五回ほど呼出音が鳴った後、我妻社長の声が聞こえてきた。

《もしもし？　我妻ですが》

見知らぬ番号だからか、我妻社長の声が少し硬い。

「名雪紗世です」
《ああ、紗世さんでしたか》
我妻社長の声がやわらかくなる。
「はい。先日はお弁当をありがとうございました。実は、母が今週はお稽古をお休みすることになりまして」
《あ、家元の分の花材ですね。わかりました。キャンセルしておきましょう》
「注文書わかりますか？」
大手花屋の社長なのだから、いちいち注文販売業務には携わっていないだろう。
《もちろんですよ。パソコンからデータを確認しますから。今週分ですね》
「ご迷惑おかけします。すみません。今回のことで母が胃潰瘍になってしまって」
《胃潰瘍に⁉》
驚きの声をあげる我妻社長に、薬で治療できるのでと慌てて言った。
《そうでしたか……軽症でよかった》
「あの……それで……。我妻社長のご提案を受け入れようかと……」
思いきって話を振ると、電話の向こうでうれしそうな声がした。
《本当ですか？　紗世さん、結婚を考えてくれると？》

「……はい」

《ありがとうございます。ではさっそく夕食でもいかがですか？　あ、家元の病気でそれどころじゃないかな》

「いえ、金曜日だったら私のお稽古がないので、大丈夫なんですが」

《わかりました。金曜日に食事に行きましょう》

我妻社長は私の時間の都合を聞き、十八時に東京駅近くのホテルのレストランで待ち合わせることになった。

通話を切って、工藤さんがじっと私を見つめているのに気づく。

「紗世さん、なにか提案を受けていらっしゃるんですか？」

「先日結婚を前提にお付き合いを申し込まれたんです。いい方ですし、前向きに考えてみようと思っています」

「我妻社長なら敏腕ですし、年は離れていますが、優しい旦那様になりそうですね」

工藤さんの言葉に小さく笑みを浮かべるが、本心では我妻社長にまったく惹かれていない。それが私の気持ちに重くのしかかっている。

「とにかく、ふたりで会ってみます」

「金曜日ですね。おしゃれして会えば気分転換にもなりますよ。紗世さんはずっと大変だったから」

「今を乗りきらなければ。若いし健康が取柄ですから」

ガッツポーズを見せると、工藤さんが笑う。

「紗世さんの見た目は綺麗で透明感があって華奢ですけど、中身はがんばり屋でしっかり者なんですよね」

「私が綺麗？」

ほかの褒め言葉よりも〝綺麗〟に引っかかって首をかしげる。

「え？　綺麗ですよ。大学入学時はかわいいお嬢さんでしたが。紗世さん、そう思っていないんですか？」

「お、思ってないです」

苦笑いを浮かべて頭を左右に振った。

「無自覚なところがかわいいですよ。我妻社長が好きになるのも当然です」

「好きとは限りませんよ」

「結婚を前提にと話を持ってくるくらいなのだから、好きに決まっています」

「数回しか会っていないのにそんなふうに思えるのかな……」

「あります、あります。絶対にひと目惚れですよ」

工藤さんがにっこり笑ったとき、電話が鳴り彼女が受話器を上げた。

その夜、お稽古の生徒さん五人を送り出し、そろそろ事務所を出ようとしたとき、スマホが鳴った。

エプロンのポケットから出して見えたスマホ画面の〝京極さん〟の文字に、慌てて通話をタップする。

「も、もしもし、紗世です」

《今大丈夫か？》

京極さんの心地いい低音の声に、早くも鼓動が高鳴ってくる。

「はい。大丈夫です」

《食事の約束だが、今週の土曜日の夜はどうだろうか？》

京極さん、約束を覚えてくれていたんだ……。

土曜日には大学の謝恩パーティーが昼間あるが、夜は友人たちから誘われても断れば問題ない。

まだ決まっていない友人たちとの食事よりも、京極さんに会いたい気持ちの方が大きかった。

「昼間は二時から大学の謝恩パーティーですが、夜は大丈夫です」
《パーティーは何時まで？》
「水道橋のホテルで五時までです。それからになりますが、待ち合わせの場所まで行きますね」
　ずっと落ち込んでいた気持ちがだんだんと浮上してくる。
《いや、迎えに行くよ。ロビーで待っている》
「え？　ホテルのロビーで？」
《ああ。一緒に行こう。入学祝いをしたレストラン、覚えてるか？　そこで卒業も祝いたいと思っているんだ》
　一般のお客様は入れないという会員専用フロアのある最高級のホテルで、大学入学のお祝いをしてくれたのは約四年前。静かでセレブ感たっぷりの素敵なレストランだった。
《紗世？》
「あ、はい。覚えています。あのホテルのお料理はとても素晴らしかったです」
　会員専用フロアならばマスコミもシャットアウトできるので、京極さんはそこに決めたのだろうと推測する。今は小玉さんと結婚秒読み段階で、マスコミはちょっとした情報でも欲しがっているだろうから。

「……京極さん、私がお食事するホテルへ行った方がいいのではないでしょうか？」

私と待ち合わせて車で移動するなんて、マスコミにチェックされたら京極さんの立場が悪くなる。

《なにを遠慮している？　迎えに行けば移動が楽だろう？　電車では乗り換えが面倒だ。じゃあ、なにかあったら連絡をくれ》

京極さんは私の返事を待たずに通話を切った。

たしかに遠慮はあったけれど……。京極さんのことだからそういったマスコミ対策はちゃんと考えているだろう。

今週の土曜日、京極さんに会える。

その前日に我妻社長と夕食をともにするのは気が重いが、翌日京極さんと食事ができるのなら気持ちが晴れてくるように感じた。

金曜日の朝。母は今日から家元業に復帰する。

薬のおかげで食事をしても吐き気や胃痛などの症状はなくなっているようで、休んでいられないと今日から事務作業をするという。

「お母さん、今夜は我妻社長と食事をしてくるね」

トーストを口に運ぼうとしていた母は手を止める。

「あら、そうなのね。我妻社長から連絡がきたの？」

「ううん。お母さんのお稽古の花材のキャンセルで直接我妻社長に電話をしたの。そのときに、食事に誘われて」

「そうだったの。でもそれではデート服に見えないわ。一度戻って着替えるの？」

白のブラウスに紺色のパンツをはいている。これに白のカーディガンを羽織り、ベージュの春コートを身につけるつもりだった。

「ううん。これで行こうと思っているんだけど。おかしい？」

「おかしくはないわ。まあ、それでいいわね」

母は苦笑いして妥協した。


十七時になると、デスクの上を綺麗にしてパソコンの電源を落とす。午前中の会議で経費削減案が出て見直しをしていたため、目が疲れている。

今までもだいぶ切りつめていたので、どこを削れば……と、具体的なものは探せなかった。

「紗世さん、我妻社長とデートは今日でしたよね？」

椅子から立ち上がった私に、工藤さんが思い出したように人さし指を一本立ててにっこりする。

「デートじゃないです」

まだ椅子に座っている工藤さんを見下ろして、首を横に振る。

「えー、デートですよ。仕事で会うわけではないんですから」

「仕事みたいなもんです」

私が我妻社長と結婚するとしたら、名雪流のため。

私の言葉に工藤さんがちょっと戸惑うような表情をしたのを見てハッとなる。

「い、いってきます。戸締りよろしくお願いします」

「はい。任せてください」

明るく言って、工藤さんに送り出されて事務所を出ると、最寄り駅に向かった。

待ち合わせの東京駅近くにあるホテルに到着したのは五分前で、伝えられていたフレンチレストランへ歩を進め、入口に立つスタッフに名前を告げる。

「名雪様。お待ちしておりました。お連れ様はいらしております。ただいまお席にご案内させていただきます。コートをどうぞ」

その場で春コートを脱ぎスタッフに渡し、我妻社長の待つ席へ案内される。
我妻社長は、東京駅の線路や夜景が見渡せる窓側の四人掛けのテーブルに座ってい
た。私の姿に気づいて立ち上がる。
「お待たせしてすみません」
「いいえ。紗世さんと食事ができると思うと、仕事を放り出して出てきてしまいまし
た」
スタッフが引いた椅子に腰を下ろし、隣の席にバッグを置くと、スタッフにメ
ニュー表を手渡される。
「紗世さん、食べられない物はありますか？」
「あ、アーモンドにアレルギーがあります。それ以外なら大丈夫なので、オーダーを
お願いしてもいいでしょうか？」
パタンとメニュー表を畳んで、白いクロスのかかったテーブルの端に置いた。
「アーモンドですか。それは大変ですね。わかりました。私の方で決めさせていただ
きます。お酒は飲めますか？」
「はい。少しなら」
「では、シャンパンを頼みましょう」

我妻社長はグレーのスーツを着ており、ネクタイは薄いピンクで、少し華やかに、デートにふさわしい格好をしてくれたみたいだ。

彼はスタッフを呼んで、オーダーを済ませる。

「紗世さん、今回の件で進展はありましたか？」

スタッフが去ると、我妻社長が真剣な面持ちで尋ねてくる。

「いいえ……まだなにも……」

「そうですか……」

がっかりした表情で我妻社長は続ける。

「私も中山社長に憤りを覚え、方々知り合いに居所を知らないか聞いているのですが、なしのつぶてで」

「お知り合いに……ありがとうございます」

中山社長を紹介した手前、責任を感じているのは表情からわかる。詐欺が発覚した際にも即日訪問してくれているし、優しい人だと思った。

義務的に食事をしに来たが、ちゃんと我妻社長と向き合い、彼の人となりを知ってもいいのかもしれない。

京極さんのように心臓が高鳴りはしないけれど……。

スタッフがシャンパンの瓶を手にし、我妻社長に説明をしている。

「それでお願いします」

グラスに、透明に近い金色のシャンパンを注いだスタッフが離れていく。

「少し辛口のシャンパンを選びました。紗世さん、乾杯しましょう」

我妻社長はグラスを掲げる。

少し辛口……京極さんだったら、私にどんなのが飲みたいのか聞いてくれる……。

「──世さん？　紗世さん？」

呼ぶ声にハッとなって、じっと見つめる我妻社長へ視線を向ける。

「あ、はい。すみません」

グラスを手にして顔の辺りまで持っていく。

「乾杯」

我妻社長の声に、グラスを少しだけ上に動かして口へ運ぶ。

辛口というだけあって、喉もとから胃にぎゅうっと熱さが流れていき、苦手なアルコールだ。

京極さんは女性のエスコートに慣れた極上の男性。比較する相手じゃない。

つい比較してしまう自分を戒めていると、前菜が運ばれてきた。

「食べましょう」

「はい。いただきます」

ナイフとフォークを手にして、チーズがかかったカリフラワーをひと口サイズに切って口へ運ぶ。

我妻社長は私が食べる様子を見ていて、落ち着かない気分だ。

「どうですか？」

笑みを浮かべた彼に食いつき気味に尋ねられて、次にボイルされたニンジンを食べようとしていた手を止める。

「おいしいです。我妻社長もどうぞ召し上がってください」

「そうでしょう！　最高級ホテルのレストランですから。それから、紗世さん。その呼び方を変えませんか？　ビジネスのような気持ちになります。私の名前は克己なので、名前で呼んでください」

「……では、克己さんと呼ばせていただきます」

「そうしてください」

我妻社長はホッとした様子で、チーズソースのかかったニンジンをパクッと口に入れた。

食事をしながら、我妻社長は自分が姉のいるふたりきょうだいだということや、両親は東京を離れて長野に移住したという話をした。

「克己さんのお住まいは？」

あまりにも興味がなさそうに見えるのではないかと思うと、申し訳なくて住まいを聞いてみる。

「青山のマンションに住んでいます。2DKなので、結婚が決まれば都内の広いマンションか一軒家を探しましょう。あ、でも家元をあの大きな家でひとりにさせてしまうわけにはいかないですよね」

そうだ……私が結婚したら、あの家にはお母さんだけに……。

黙ってしまうと、我妻社長が取り繕うように笑みを浮かべ、「おいおい考えましょう。悪いようにはしません」と言った。

デザートを食べ終えてレストランを後にし、エレベーターホールへ歩を進めていると我妻社長が口を開く。

「まだ八時半です。バーラウンジでお酒でもいかがですか？」

「あ……すみません。明日は大学の謝恩パーティーが昼間にあるので、今日は……」

「そうでしたか。明日謝恩パーティーが。それなら無理を言うわけにはいきませんね」

「申し訳ありません。今日はごちそうさまでした」

小さく笑みを浮かべて、頭を下げた。

「タクシーで送りましょう」

「近いので気になさらないでください。私を送ったら遠回りになります」

そう言った途端、我妻社長が苦笑いをする。

「あなたは男心がわかっていないなぁ」

「え？」

「まだ一緒にいたいんですよ」

「あ……」

まったく頭になかったので戸惑う。

「送らせてもらってもいいですか？」

「……はい」

「よかった。エレベーターが来ました。行きましょう」

ふいに手を握られて、開いたエレベーターの中へ進む我妻社長に誘導されて隣に立った。

いまだ手を握られたままで、どうしていいかわからない。

エレベーターが一階に到着し、エントランス前に止まっていたタクシーに乗った。

後部座席に乗っても握られた手は離されない。

困惑しかないが、離す理由が見つからない。

「居心地が悪そうですね」

突然ずばり指摘をされて、隣に座る我妻社長を見る。

「慣れていないので……」

「それは私にとっては喜ばしいことですね。あなたはとてもかわいい」

「かわいくは……」

なんて返事をすればいいのかわからず、オウム返しになる。ちらりと斜め前の運転手へ視線を向けた。

「ますます好きになりましたよ。あなたも私を好きになってほしい」

運転手に聞かれているかもしれないのに妙に甘い言葉を続けるので、さらに居心地が悪くなった。ずっと握られている手が汗ばんでくる。

「私は積極的な人が苦手で……あの、汗が」

汗を理由に我妻社長の手から抜き取った。

「あなたが消極的なので、私が積極的になるんですよ」

「……もう少し時間をください」

今の私にはそれしか言えなかった。


リビングに足を踏み入れると、ソファに座っていた母が驚く。

「おかえりなさい。早かったわね。我妻社長とお食事はどうだった？」

「明日は謝恩パーティーがあるから。食事は……まあまあ」

ソファに座らずに、さっさとお風呂に入ってひとりになりたかった。

「疲れたでしょう？　お風呂に入ってきなさいな」

「うん」

コクッとうなずきリビングを離れ、二階の自分の部屋へ着替えを取りに行った。

一時間後、お風呂から上がって自室でシートマスクを顔に貼り、髪をドライヤーで乾かした後にベッドの上でボディクリームを塗る。

いつもはここまでケアをしないが、明日は謝恩パーティーと京極さんとの食事があるので、肌はベストコンディションでいたい。

「手を握られて嫌な気分になるなんて、あの人と結婚なんてできるのかな……」

膝小僧にボディクリームを塗り込みながら、ふっとそのことを思い出してつぶやき、フルフルと首を左右に動かす。

「今は考えられない。今日は早く寝よう」

視線の先には明日の謝恩パーティーで着るドレスがある。

サックスブルーのサテン地のドレスは、オフショルダーの半袖。サテン地全体にレースが施されている。膝丈でうしろが少し長く、フィッシュテール仕様だ。

今までは改まった場に行く際はいつも着物だったので、ショッピングに行って戸惑ったが、一緒にいた侑奈に絶賛されて決めた。

モデルを生業としている小玉さんには到底追いつかないけれど、京極さんに『今日の紗世は違う』と言ってもらえたらうれしい。

シートマスクを顔から剥がしベッド横のゴミ箱にポイッと捨てて、電気を消した。

翌日の午前中、母のお稽古の手伝いをした後、メイクをして髪の毛をアップにする。

顔の横に少し髪を出して、アップにした髪は淡水パールのバレッタで留めた。

オフショルダーなので寒そうだが、会場には同じようなドレスの人もいるだろう。

侑奈も胸もとがシースルーのノースリーブのドレスを選んでいた。ボルドーのドレスは、いつも元気な侑奈にぴったりの色だ。

昨日も着たベージュの春コートとゴールドのパーティーバッグを手に持ち、階下へ下りてリビングへ入ると、母のお弟子さんで師範の女性・真鍋さんと母がソファで談話中だった。先ほどのお稽古を終わらせて、お茶と巻き寿司をつまんでいる。

「あらあら、紗世ちゃん。見違えちゃったわ。花嫁さんみたいね。もういつお嫁さんに行ってもおかしくないくらいのお嬢さんになったわね」

真鍋さんは目を細め、母ににっこりうなずく。

「そうね。いい人と結婚してもらえたらと思っているわ」

母の気持ちはわかっている。

「では、いってきます」

ふたりにお辞儀をしてリビングを離れ、コートを身につけ玄関で買ったばかりのグレーのパンプスに足を入れる。踵には共布の大きなリボン、ヒール部分はレース素材が巻かれていて、見ているだけで華やかな気分になれそうな素敵なパンプスだ。

これで素敵な恋ができればいいのに……。

　卒業謝恩パーティーの会場は、色とりどりのパーティードレスを身につけた女性やネクタイの色や形で遊んでいるスーツ姿の男性の参加者でごった返し、ボールルームには活気があふれていた。

「紗世〜」

　クロークで春コートを預けた後、入口でキョロキョロしていると、侑奈と加茂君が近づいてきた。

「侑奈、加茂君」

　普段は思わないのに、いつも一緒にいて相思相愛のふたりがうらやましいという気持ちに襲われるのは、昨日我妻社長と会ったせいなのだろうか。

「ふたりとも早かったのね」

　まだ開催時刻まで十分ほどある。

「まあね。卒業したら寂しくて。早く紗世やみんなに会いたくなったの」

　すんなり気持ちをさらけ出せる侑奈は本当にかわいい。

「紗世、めっちゃ綺麗よ。今日は何人に声をかけられるかしら。ね、雅則」

「だな。まずは飲み物をもらいに行こう」

　卒業謝恩パーティーは軽食のブッフェ式で、教授たちの席はあるが、卒業生たちは立食形式だ。もちろん立って食事できるようにテーブルは隅にたくさん置かれている。

私たちはシャンパンをもらい、フィンガーフードが盛りつけてあったお皿を手にしてテーブルへ行く。そこで、加茂君が友人に呼ばれて席をはずす。

「侑奈、引っ越しの準備はどう？」

「だいぶ進んでるわ。二十日に荷物を送って、翌日に大阪へ行くの」

「行く日、決まったんだ……」

引っ越しの日にちを知らされ、大事な親友が東京を離れるのを実感すると、胸が締めつけられた。

「うん。入社式の五日前から研修に入るから」

「そっか……」

「元気ないね。詐欺の件はどうなったの？」

まだ進展がないことと、母が胃潰瘍になって救急車で運ばれたこと、我妻社長の件も話をした。彼の前以外ではどうしても名前で呼べず、〝我妻社長〟になった。

心配をかけてしまうかもしれないが、不安な気持ちを吐露したかった。

話を聞いた侑奈は呆気に取られている。

「おばさんは大丈夫なの？　ていうか、え？　待って。そのおじさんと結婚するってこと？」

「お母さんは回復しているわ。結婚は……このままいくと……そうなるかも……」

「今時、政略結婚⁉」

侑奈の眉根がぎゅっと寄って、シャンパンを一気飲みする。

私の話に憤った様子だ。

「政略結婚ってわけでも――」

「だって、名雪流のために結婚するんなら、政略結婚よ。紗世の気持ちを無視されるんだもの。やだ、悲しくなってきちゃった」

侑奈の瞳が潤み始めて、私は弱った。

「ごめん。こんな席で変な話をしちゃって」

「もうっ！　なに言ってるのよ！　話してくれていいんだよ。私の方こそごめん。紗世がかわいそうすぎて……」

「京極さんに手が届かないのも決定だしね」

京極さんのことを思い出して、重いため息が漏れる。

「お兄さんの親友は、京極さんっていうんだ。かっこいい名字」

「うん。代官山で飲んだ日あったでしょ？　帰りに小玉奈緒美さんと一緒にいた男性が京極さんなの」

「ええっ？　あのめちゃくちゃかっこよかった人？」

　驚きを隠せない侑奈にコクッとうなずき、シャンパンを口にする。そこへ加茂君が戻ってきた。

「かっこよかった人って、誰のこと？」

「こっちの話よ。雅則、シャンパンふたつ持ってきて」

「はいはい。女の話に入るなってね」

　異性の話をしていても侑奈を信頼する加茂君は気にしないようで、苦笑いをしながらシャンパンを取りに行く。

「それで、小玉奈緒美と京極さんの話は？」

　促されて、女性週刊誌の記事を教えた。

「結婚するんだ……じゃあ、もう望みはないんだね。でも、週刊誌の記事を鵜のみにしなくてもいいんじゃない」

「あんな楽しそうな笑顔を見たら鵜のみにするよ。あのね、この謝恩パーティーが終わった後、食事に連れていってくれるの。今日が最後になると思う」

「京極さんが誘ってくれたの？」

「うん。実は代官山で別れてから京極さんが呼び止めてくれて、車で送ってくれたの。そのとき、卒業を祝おうって」

「あのときの三人組のひとりが紗世だってわかったんだ」

そこへ加茂君がシャンパンの注がれたグラスを三つ持ってきて、そして謝恩パーティーの主催者が壇上に立ったので、話が中断となった。


しばらく会えなくなる友人たちとわいわい話をして、京極さんとの約束の三十分前になった。時間が近づくにつれて落ち着かない気分になり、心臓がドキドキしてくる。

「名雪、スイーツ食べるか？」

新しいスイーツが出されてその場所が賑わっているのを見て、加茂君が気を使ってくれる。侑奈はお世話になったゼミの教授に挨拶しに行っている。

「ううん。加茂君は好きでしょ。行ってきて。侑奈が戻ってきたら言っておくから」

スイーツを取るのに列になっているのが見える。

「わかった。残っていたら何個かもらってくる」

加茂君が離れてすぐ、侑奈が戻ってきた。

「あれ？　雅則は？」

「スイーツ取りに行ったの。教授との話どうだった？」

「ゼミであーだこーだ言われ続けていたけどさ、もう会わないとなると寂しいものね」

侑奈が寂しそうな笑みを浮かべる。

「それはそうと、考えたんだけどね？」

言いづらそうな侑奈に首をかしげる。

「うん。なあに？」

ウーロン茶を口に含んだときだった。

「紗世は……バージンよね？」

侑奈の発言に、口に入れたウーロン茶を吹き出しそうになって咳き込む。

「ゴホッ、ゴホッ。やだ、急になにを、ゴホッ、言うの？」

「私なりに考えたことだから聞き流しちゃってもいいんだけどさ」

「うん？」

「好きじゃない人と初エッチしてほしくないなって」

そう言った侑奈は恥ずかしそうに視線を泳がせる。

「だからさ、今日京極さんに会うのなら、誘惑してみない？　好きな人にバージンを奪ってもらうの。じゃないと、紗世はそのおじさんと結婚することになったら、好きじゃない人としか経験できないんだよ？」

「ゆ、侑奈。京極さんが抱いてくれるわけないよ。妹みたいな存在なんだよ？」

私も京極さんなら……と思う。

「今日の紗世はいつもよりもずっとずっと大人っぽくて綺麗よ。華奢なデコルテにエレガントな姿は、誰が見ても見惚れるほどなの。今日、五人くらいから連絡先交換してほしいって言われてたわよね？」

「いつもよりずっと大人っぽくて綺麗……？　本当に？」

「自信を持って。たとえ京極さんが紗世に妹みたいな感情しかないとしても、今日の紗世に誘惑されたら拒否できないと思うの」

今日を逃したら、京極さんとはもう会わなくなるかもしれない。

妻になる小玉さんは、亡き親友の妹と彼をふたりで会わせるほど心が広いかもしれないが、我妻社長はどうだろう……。

ふと昨日握られた手へ視線を落とす。

一生に一度だけ、好きな人に愛されたい。

「余計なことを言ってごめんね。紗世がかわいそうで……女性としての喜びを知ってほしいなって」

申し訳なさそうな瞳を向ける侑奈に、首を左右に振る。

「ううん。本当にその通りだよ。京極さんが抱いてくれるかわからないけれど、誘惑してみようかなって気になった」

「奥手な紗世が誘惑できるかいささか不安だけど、がんばって！」

「もうすぐ京極さんと会うと思うと、すでにドキドキしているんだけど……」

そんな私が誘惑なんて、本当に実現できる？

「結婚が決まりそうな男の人が羽目をはずしたくなるって、なにかの雑誌に載っていたのを思い出したわ」

「それは人によりけりかと……」

「だからっ、後腐れのない感じで誘惑するの。紗世が切羽詰まった顔で誘惑したら逃げるわよ」

切羽詰まった顔？

自分の両頬に手をやり二回軽く叩くと、侑奈がケタケタ笑う。

「リラックスして。お母さんは京極さんとこの後会うことを知ってるの？」

「ううん。言ってない。母は京極さんを息子のように気に入っているから、一から十まで知りたがるの。だから内緒で、侑奈たちと遊ぶことにしてる」

「それは好都合よ。もし成功したら私の家に泊まったってことにできるね。万が一電話がかかってきたらうまく言うわ」

以前、侑奈の家に泊まる際に、母から侑奈のスマホに連絡がきたのを覚えていたので、先にアリバイの共犯者になってくれるということだろう。

娘がこんなことを考えているなんて母には絶対に知らせられない。

「あ！　でも、それだといい感じになったときに家に電話するなんてできないわよね。ちょっとここ抜け出そう」

「ええっ？」

侑奈は私の手を引っ張り、ボールルームを出て、静かな廊下の隅に立たせた。

「紗世、お母さんに電話をして。今日は外泊するって言うのよ。その後私が出るから」

「侑奈……」

「退路を断つってやつよ。家に電話をしなきゃなんて思っていたら誘惑なんてできないもの」

「わかった」

パーティーバッグからスマホを出して、母に電話をかけた。

母からはとくに不審がられず、侑奈に代わることもなく「楽しんできなさい」と言ってもらえた。翌日の日曜日のお昼に、母の代理で出席する予定があることは念を押されたが。

長年にわたり付き合いのある歌舞伎役者の楽屋へ母の代わりに花を届け、招待で鑑賞することになっている。

それまでに帰宅することを約束して通話を切り、肩の力を抜いた。

「うまくいったね。これで心置きなく誘惑するのよ」

「侑奈、ありがとう。自信はないけれど、やれるだけやってみる」

彼女は両手をグーにして「がんばって！」と微笑んだ。

謝恩パーティーはお開きになり、ボールルームから別の場所へ移動するグループが見受けられた。

友人たちはカラオケに行くと言い私も誘われたが、別れるのは寂しいけれど断った。

侑奈と加茂君は私の都合を知り、ふたりで食事に行くことにしたらしい。

「じゃあ、さっき言った通りにね。五時十分だわ、紗世。早く行って」

「うん。侑奈、加茂君。またね」

クロークから春コートを受け取って羽織り、心臓がバクバク暴れるのを気にしないようにしてエレベーターに乗り込みロビーへ下りた。
まだ辺りには謝恩パーティー帰りの参加者たちがいる。
サッと視線を動かしただけで、ラウンジソファに座る京極さんを見つけられた。
黒っぽいスーツに、落ち着いたアイボリーの柄物のネクタイ。脚を組んで座ってい
るだけなのに、通り行く人たちが注目するほど際立ったオーラの持ち主だ。
見惚れそうになったところで、京極さんが私の方へ顔を動かして目と目が合った。
彼はゆっくりソファから腰を上げて、人の波を縫って私の前に立った。
すぐにわかったってことは、彼の目にはいつもの私なのかもしれない。少しがっか
りした気分で、京極さんに笑みを向ける。
「わざわざ迎えに来てくれてありがとうございます」
口を開くだけで心臓がぎゅんと痛みを覚える。
「おつかれ。行こうか」
京極さんの手のひらが背にあてられ、ホテルの出入口に誘導される。
ホテルのガラス扉を出ると、京極さんの艶やかな黒の高級外車が止められていた。
ロックの解除音がして、ドアマンが助手席のドアを開けて私を促す。
京極さんは運転席へ座り、外側からドアが閉められた。

エンジンをかけた京極さんは静かに車を出した。

「腹は空いているか?」

幹線道路を走行する波に合流させた彼は、ちらりと私の方を見る。

「もちろんです。京極さんがお祝いしてくれるので、ほとんどいただきませんでした」

そう言うと、彼は口もとを緩ませた。


京極さんは湾岸エリアにある五つ星ホテルの地下駐車場に車を止め、助手席のドアを開けて私を降ろした。

数歩のところにある会員専用エレベーターに乗って、目的のフロアへ向かう。

道路が若干混んでいたので、十八時を少し過ぎている。

二十階建てのホテルの十五階からが会員専用フロアで、エレベーターを降りたところで男性コンシェルジュが待っていた。

「京極様、お待ちしておりました」

パリッとした黒いスーツ姿の五十代くらいのコンシェルジュが、丁寧にお辞儀する。

「お久しぶりです。今日は特別な女性を連れてきたのでよろしくお願いします」

お久しぶり……?　隠れ家であるこのホテルに小玉さんを連れてきていないの?

それよりも〝特別な女性〟という表現が気になったが、すぐにぬか喜びをするのはやめよう。きっと京極さんはホテル側にそう話すことで最高の対応を求めたのだ。それに、亡き親友の妹だから特別な女性という意味だと解釈できるもの。

天井が高く窓も大きいロビーは開放感もあってラグジュアリー感がたっぷりで、大学の入学祝いで一度だけ来たときと印象は変わらない。

四年前は初めての五つ星ホテルの会員専用のフロアに気圧されていたが、今の私はずいぶん大人になったので動じない。

あのときは昼間で、大きな窓からは海が眺められた。

今日はここに来る途中で日没になったので、大きな窓は、京極さんから数歩うしろに立つ私たちの姿が映るほど暗い。

やっぱりきょうだいにしか見えないかな……。

「紗世？　レストランへ行こう」

窓に映る自分たちにため息を漏らしそうになった私を、京極さんが振り返り呼ぶ。

「あ、はいっ」

レストランの個室に案内されて、春コートを脱いでいると、全部のボタンが取れたところで私の背後に立った京極さんが脱がせてくれた。

非の打ちどころのないエスコートに、落ち着いていた鼓動が暴れ始める。

両肩が出ているオフショルダーのドレスは、謝恩パーティーではなんとも思わなかったのに、京極さんの前では照れくさい。

コンシェルジュにコートを手渡した彼は、四人掛けのテーブルの椅子を引いて私を座らせ、自分も対面に腰を下ろした。

「イタリアンにしたんだ。違うものが食べたければ変えてもらうが？」

「いいえ。イタリアンは大好きですから」

「そう記憶していたよ。まずはシャンパンで乾杯をしよう。まだ甘めが好きか？」

昨晩の我妻社長との夕食を思い出した。

やっぱり京極さんは勝手に決めずに聞いてくれる。

「そんなことないです。中間くらいなら」

彼にも飲みやすいシャンパンを選んでほしかった。

京極さんは、コンシェルジュと入れ替わりに入室していたスタッフに視線を流す。

「ドライすぎないシャンパンはありますか？」

「京極様、本日はありがとうございます。本日はブルゴーニュ産のセックが届いておりますが。エクストラ・セックに近い味わいになっております」

「それなら彼女も飲みやすいですね。それを頼みます」

「かしこまりました」

　スタッフがお辞儀をして部屋を出ていく。

「セックって、どういう意味ですか？」

「中甘口ってことだ。中辛口がエクストラ・セック。今頼んだのはそれに近いシャンパンのようだ」

　京極さんといると勉強になることが多い。

　シャンパンを飲む機会はほとんどないけれど、覚えていれば選びやすくなる。

「謝恩パーティーは楽しかったか？」

　途中から京極さんを誘惑するミッションが頭を占めて楽しかったとは言えない。

「まあまあです。大学の謝恩パーティーなんてそんなもんですよね？　親しい友人たちとはまた会う機会もありますし」

「そうだな。俺は出席しなかった。卒業したのは七年前だ。ずいぶん経っているし、主催者によって雰囲気も違うんだろう」

　京極さんがふっと笑みを漏らす。

　そこへ、先ほどのスタッフがシャンパンをワゴンで運んできた。

手慣れた作業でポンッと栓を抜き、細長いグラスに注ぐ。

それから彼は、ワゴンの下から真紅のバラの花束を取り出して京極さんに手渡し、続いて大小の箱をテーブルの空いているスペースに置いた。

「紗世、卒業おめでとう。慎一が生きていたら心配で仕方がないだろう」

京極さんは立ち上がり、真紅のバラの花束を持って私の方へ歩を進める。

「月並みだが、バラを選んだ。この花束が似合う女性になったな。華道家に言うのもおかしいが」

真紅のバラの花束を差し出され、立ち上がって受け取る。真紅のバラはかなりの本数で、抱え込まないと持てない。

「ありがとうございます。男の人から花束をもらったのは初めてです。お花に慣れ親しんでいても、これだけの真紅のバラを持ったことはないです」

「喜んでもらえてよかった。それと、これはプレゼントだ」

京極さんはスタッフがテーブルに置いた箱を示す。よくよく見ると、大小の箱はハイブランドのもので目を見開く。

「私には……」

「いや、似合うはずだ。家に帰ってから開けて見てくれ」

家に帰って……。

京極さんのプランでは、食事をしたら私を家に送って兄の役目は終了、ということだ。そうならないようにがんばろう。

「はい。そうさせてもらいます。プレゼントありがとうございました」

にっこり笑みを浮かべ、花束をテーブルの端に置いて椅子に腰を下ろす。

「乾杯しよう」

シャンパングラスを掲げた京極さんにならって、持ち上げてひと口飲む。

甘さもほどよくあり、とても飲みやすくておいしいシャンパンだ。

そこへ前菜のお皿が置かれる。殻付きの生ウニやサーモン、ムール貝が彩りよく並べられている。

「おいしそうだ。食べよう」

「はいっ。いただきます」

前菜を食べ始め、謝恩パーティーでほとんど口にしなくてよかったと思った。おなかいっぱいだったら、このおいしい料理を楽しめなかっただろう。

新鮮な前菜にシャンパンが進み、京極さんがグラスを満たしてくれる。

オマール海老のビスクスープや、キノコのソースがかかった白身魚、松阪牛のフィレステーキ、白トリュフがたっぷりかかったパスタが次々と出てくる。どれもひとつの芸術作品のような盛り付けで、味は極上だ。

　そしてスタッフの給仕の配慮も素晴らしく、私たちの会話と食べ終わるペースにぴったりでさすがは一流高級ホテルだ。

　シャンパンから赤ワインに替わり、私はいつものキャパシティよりも多めに飲んでしまっている。

　頭の中には〝誘惑〟の二文字。

　これ以上飲んだら、頭がぼうっとして遂行できなくなる。

「京極さん、最高のお祝いありがとうございます」

「当然だよ。喜んでもらえてうれしい」

　デザートが運ばれてきて、その美しさに目を奪われる。アニバーサリープレートになっていて、ひと口大のいろいろなケーキやソルベ、フルーツなどが盛られ、チョコレートで〝紗世、卒業おめでとう〟の文字が書かれていた。

「こんな素敵なサプライズは初めてです……京極さん、感動ですっ」

「感動は大げさだ」

　京極さんは口もとを緩ませ、赤ワインを飲む。喉に流し込む様は男の色気を感じさせる。

デザートと一緒にコーヒーも出されたが、まだ飲み足りない京極さんは赤ワインをグラスに注ぐ。

どうしてこんなに惹かれてしまうのか。きっと十人いたら十人全員が私と同じ気持ちになるはず。

「溶けないうちに食べて」

京極さんの前には、私のようなプレートではなくダークチョコレートとクッキーが盛られたプティガトーがある。彼があまり甘いものを口にしないのは知っている。

「はい」

スプーンで爽やかな柑橘系のソルベをすくって食べた。

プレートのスイーツがなくなり、食事の時間が終わりに近づく。

ゆっくりワインと食事を楽しんだので、三時間近くが経とうとしており、時刻は二十一時。

彼のプランではこれで私は自宅へ送られる。京極さんは飲んでいるので、ホテルの代行の運転手で。

「京極さん、大学も卒業したので、大人の世界を見てみたいんですが……」

「大人の世界？」

私のざっくりとした物言いに、京極さんは微かに首をかしげる。

「ここのバーのような、大人の雰囲気が漂う場所に行ってみたいです」

「なるほど。紗世は一歩大人の世界へ足を踏み入れたいのか。わかった。社会勉強にいいだろう」

願いを聞き届けてもらえてホッと安堵した。

京極さんは席を立ち、私のところへやって来て椅子を引く。

立ち上がってみると、思ったより足がしっかりしない。

「行こう」

私を促した彼は向きをドアの方へ変える。

「あ、お花とプレゼントを」

花束へ手を伸ばそうとすると、京極さんの手が肩に置かれて止められる。

素肌に大きな手のひらを感じて、大きくドクンと鼓動が跳ねた。

「そのままでいい。スタッフがやってくれる」

歩くように軽く押したその手は離され、彼は私のパーティーバッグを持ってドアに歩を進めた。

好きな人に触れられるって、ドキドキが止まらなくなるんだ……。

ドアを開けたところに待機していたスタッフに京極さんはテーブルに残っている荷物を頼み、ペルシア絨毯の敷かれた廊下の先にあるバーへ向かう。

そこは隠れ家のような雰囲気で、私が一度も足を踏み入れたことのない空間だった。

明かりはしっとりと落とされ、艶やかな木材のカウンターの向こう側に高級なお酒やリキュールのボトルが並べられている。

広いスペースに、客同士の声が邪魔にならない程度に離されたラグジュアリーなソファがいくつも置かれている。数組が座っているようだが見る余裕がなくて、スタッフに案内された奥のソファにポスンと腰を下ろす。

ソファはL字型に配置されていて、京極さんと私は膝を突き合わせる位置で座った。

「紗世はどんなお酒が飲みたいんだ？」

「んー……大人っぽいカクテルを。あ、こういうグラスで、オリーブが入っている」

名前が出てこないが、指でグラスの形を作る。

「マティーニか」

京極さんはおかしそうに口もとを緩ませる。

「それかもしれません」

「いろいろ試してみるといい。自分の好みがわかってくる」

京極さんは軽く手を上げてスタッフを呼び、オーダーを済ませる。

入口の方にお客様が二組いただけで、ここの周辺には私たちだけ。会話をしなければ、静かなクラシックの曲が流れているのが耳に入ってくる。

誘惑するならここで勝負をしなければ。それには積極的に仕掛けるしかない。

苦肉の策で、イヤリングを何気なく緩めておき、ソファに軽く座り直した。そのときに軽く頭を振る。

「あっ」

想定通りイヤリングは耳からはずれ、絨毯に落ちた。

京極さんとの距離を詰めるために腰をずらして腕を下に伸ばし、なかなか取れないフリをするつもりが、淡水パールのイヤリングが捜せない。

体勢がきつくなり一度体を起こす。

「取れたか？」

「暗いので、すみません」

もう一度顔を下げるときに、思いきって京極さんの太ももに右手を置き、左手でイヤリングを捜索する。

顔は必然的に斜め上を見る形になって、京極さんと目と目が合う。

「きょ、京極さん、顔はあっちに……」

涼しげな眼差し(まなざ)で逸らさずに見られて、自分から行動を起こしたのに急激に恥ずかしくなった。

彼の太ももは筋肉質のように思える。

こんなこと考えちゃうなんて……。

顔に熱が集まってくる気がしてきた。薄暗いのが幸いだ。

「見つからないのならスタッフに頼もう」

「あ、待ってくださいっ。ありました！」

手に触れた淡水パールをつまんで体を起こそうとしたが、疲れる体勢を続けたせいで目眩を覚え、京極さんの胸にふらっと体が揺れる。

先ほどのシャンパンと赤ワインのせいもあるのだろう。

京極さんの手が私の腕を支えた。

「大丈夫か？」

「は、はい。ありがとうございます」

思いのほか京極さんの顔が近くて、胸が痛いくらい暴れ始めた。

困惑したところでスタッフが現れ、京極さんの腕が離される。彼の意識がそちらへ向いた直後、胸に手をあてて大きく息をつく。

スタッフはドライマティーニとスコッチ、チョコレートやナッツ、チーズなどのお皿、フルーツの盛り合わせをテーブルに置いて、丁寧にお辞儀をしてから立ち去った。

「ドライマティーニだ。紗世が想像したカクテルか？」

「そのものです。いただきます」

手にしていたイヤリングをテーブルにのせ、代わりにグラスを持った。

喉の渇きを覚え、ドライマティーニをゴクッと飲んでそのアルコールの強さに咳き込みそうになる。

うわっ、アルコール度数が……。

一気に体がかぁっと熱くなり、ふわふわしてくる。

「どうだ？」

「え……っと、思っていた通りの味か……な」

私の言葉に京極さんがクックッと笑い、氷だけが入ったスコッチを飲む。

ドライマティーニよりもアルコール度数が強そうだ。

酔ったら大胆に振る舞えるかもしれないと思ってもうひと口ドライマティーニを喉

に流し込むと、クラクラしてきた。それとともに勇気も大胆さも出てきた。

「京極さん、それはどんな味なのでしょうか？」

「飲んでみるか？」

グラスを差し出されてコクッとうなずき、琥珀色の液体の入ったグラスを口に持ってくる。唇をつける寸前、間接キスなどと考えて一瞬手が止まった。

「どうした？」

「か、香りを嗅いでみたかったんです」

「そういった楽しみ方もあるな」

京極さんはうなずいて、私が飲むのを見守る。

飲んでみるとアルコール度数がきつすぎて、顔をしかめた。

「む、無理です……」

口の中がおかしくてイチゴをかじり、スコッチの味をなくそうとした。

「垂れたらドレスが染みになる」

「え？」

なにを言われたのかわからずにいると、唇の横が京極さんの指の腹で拭われる。

驚いて目を見開くが、拭ってすぐ彼はスコッチのグラスを手に持ち、あぜんとなっている私に気づかない。

そのときふと、テーブルの上に置いた淡水パールのイヤリングに目を留める。

「きょ、京極さんっ、イヤリングをつけて、くれませんか……？」

思いきってイヤリングを持ったが、京極さんに渡せない。

「貸して」

手のひらを上に差し出され、ぼうっとしたままイヤリングを落とした。

京極さんの吐息がわかるくらいに顔が耳もとに近づけられ、指が耳たぶに触れる。

「紗世の耳たぶは赤ちゃんの肌みたいにやわらかいな」

「あ、赤ちゃんの肌なんて、京極さん知っているんですか？」

口から心臓が飛び出そうなくらいドキドキしている。

「まったく……紗世は男に慣れていないな」

侑奈が言っていた『切羽詰まった顔で誘惑したら逃げるわよ』というアドバイスを思い出す。後腐れのない関係を求めているように見せなきゃ。

そのとき、耳たぶにイヤリングの微かな重みを感じた。

京極さんに顔を向けて微笑みを浮かべる。

「そんなことないですよ」

そう言った瞬時、京極さんの眉根が小さく寄せられるが、かまわず続ける。

「慣れていないわけじゃないです。後腐れのない関係が好きなので、特定の人がいないだけで」

特定の人は……我妻社長になるかもしれない。

彼の顔を思い浮かべて、やはり一度だけでも京極さんと経験したいと強く思った。

京極さんの手の甲に手をそっと重ねる。

どうか拒絶しないで……。

京極さんの顔が見られないまま、重ねた手を上に向けて恋人つなぎのように指の間に指を差し入れて軽く握る。

「紗世？　酔っているのか？」

私の鼓動の高鳴りとは正反対に、京極さんの声は冷静だ。

もっと飲ませてからにすればよかったなどと頭をよぎるが、もう後には引けない。

男性の誘惑の仕方なんてわからないが、羞恥心はどこかへ追いやった。

「京極さん、私、お酒を飲むと……したくなるんです」

言っちゃった。

「紗世？」

当惑している様子は至極当然。今までこんなふうに手をつないだこともない、妹のような存在の私なのだから。

「……もっとお酒……飲ませてください」

お酒のせいでかすれた声は、甘えているように聞こえただろうか。

爆弾発言をしたのにその件について答えが得られず、恥ずかしさばかりが先に立つ。でも、恥ずかしがっていたら望みは叶えられない。

「飲みたいんです」

「これ以上飲むと気持ち悪くなるぞ」

「京極さん……」

押しきらなきゃ。

「大丈夫、です。もっと飲みたいんです」

思いきって振り返り、離れたところにいるスタッフに手を上げる。私と目が合ったスタッフがこちらにやって来た。

「メニュ――」

「君、コンシェルジュに部屋を取るように伝えてください」

京極さんに遮られ、その言葉にあぜんとした。

コンシェルジュに部屋を取るように……？

「京極様、かしこまりました」

顔色ひとつ変えずにスタッフは頭を下げて去っていく。

「どうした？　口が開いているぞ？」

「今、部屋って……」

「酔いつぶれた女を抱く性癖はない。紗世、俺としたいんだろう？」

京極さんの言葉を頭の中で反復する。

〝俺としたいんだろう？〟

私の望みが聞き入れられたの……？

「紗世？」

黒い瞳に私が映るくらい不敵な笑みを浮かべる端整な顔が近づき、そっと唇が重ねられる。

唇が塞がれた瞬間、電流が体に走ったような感覚に襲われた。

私のファーストキスだ。

高校のとき、私を好きだと言った男の子と映画を観て、その帰りキスされそうになって突き飛ばした経験がある。あのときは嫌悪感たっぷりでぷりぷり怒って帰った。

京極さんからの突然のキスに驚いたが、それ以上にうれしくて、彼の首に腕を回したくなるほどうっとりとする。

気持ちとは裏腹に、心臓は早鐘を打っている。

京極さんは私の唇を甘く食んでから離れた。彼は立ち上がり、ぼうぜんとする私に手を差し出して立たせる。

たった今のキスのせいか、酔いのせいか、足がぐにゃりと力が入らずふらつくと、腰に京極さんの腕が回った。

「だ、大丈夫です……」

力強い腕から離れようとすると、京極さんは体を屈めて顔を寄せる。

これ以上近づかれたら心臓がもちそうにない。

ぎゅっと身を縮こまらせた。

「そうか？　支えなしでは歩けなさそうだが。抱き上げて連れていこうか？」

「ええっ……」

気を失わない限りこんなところで抱き上げられるなんて無理だ。

絶句しつつ首を左右に振ると、京極さんは妖艶に微笑し先に歩き出す。

なんとか京極さんのうしろについてバーを出ると、コンシェルジュが彼にカードキーを手渡した。

「お荷物は部屋にございます」

コンシェルジュに軽くうなずいた京極さんは、私の背に手をあててエレベーターホールに促す。

私……これから京極さんと……。

全身が小刻みに震えてくる。

でも、もしかしたら酔っている私をただ休ませるだけに部屋へ連れていくのかもしれない。そうだとしたら、まだ誘惑ミッションは遂行できていないことに……。

エレベーターが開き、先に乗り込んだ京極さんに手を差し出される。その手を掴んで一歩足を出した。

「あっ！」

ヒールが絨毯に突っかかり、前のめりに倒れそうになる私を京極さんが抱きとめた。

「あ、ありがとうございます」

「脚は痛めなかったか？」

観音開きのドアが静かに背後で閉まる。抱き合う格好で彼はエレベーターのパネルに手を伸ばした。

「は、離れ――」

「離れなくていい」

え……？

顔を上げたところで上昇したエレベーターが止まり、京極さんはその場で私をお姫さま抱っこした。

「きゃっ！」

不意打ちで抱き上げられて、京極さんの首にしがみつく。

「それでいい」

エレベーターを降り、私の体重を物ともせずに廊下を進み大きな観音扉の前へ立つと、私を静かに床に立たせた。

カードキーを使って室内へ私を進ませると、信じられないくらい豪華で広い部屋が目に飛び込んできた。

スイートルーム……？

目の端に大きなベッドを捉えて、心臓がドクンと大きく打った。

「シャワーを浴びたいか？ それともすぐに？」

カードキーをアンティークな丸テーブルの上に置いた京極さんは、口もとを緩ませ近づいてくる。

余裕しゃくしゃくな態度は、私という獲物をもてあそんで楽しんでいるかのようだ。

私の怖気づきそうな気持ちを悟っているのかもしれない。

京極さんは本当に私と……？

「も、もう少し飲みたい気分で……」

彼からバーカウンターの方へ向きを変えた私は、うしろから抱きしめられた。

「もうやめておけ」

「京極さん……」

「今から愛し合うのに、〝京極さん〟か？　名前を呼べよ」

振り向かされた私の顎に長い指が触れて上を向かされる。

〝今から愛し合う〟

初体験は未知の怖さがあるが、京極さんに愛されなければ、前には進めないのだ。

「……一樹さん」

仰ぎ見ると極上の男性の顔がゆっくり落ちてきて、唇を甘く塞いだ。

「んっ……」

京極さんはうっすら開いた唇の間から舌をすべり込ませ、口腔内を探求し始める。

口づけをしながら、彼の指はイヤリング、同じ淡水パールのネックレス、バレッタをはずしていく。ブラウンの髪がパサッと肩に落ちた。

簡単にバレッタを取られて、ふいに小玉さんの長い黒髪を思い出してしまった。

私が誘ったことだけれど、京極さんは女性を裏切る人なの？

考えるのはやめよう。これから雑誌で見かけるたび小玉さんに申し訳ない気持ちになるかもしれないが、私は京極さんに初めての人になってほしい。

兄が自宅に京極さんを連れてきたときから、憧れの人だった。

「紗世？　なにも考えずに俺に愛されろ」

何度も角度を変えてしていたキスが止まり、私を甘い顔で見つめる。

京極さんはなににおいても鋭く、頭の中を覗かれている気分になる。

『なにも考えずに俺に愛されろ』

その通りだ。私はこれを機にいろいろ変わらなければならない。今日の経験が、今後訪れる困難に向き合う際、心の支えになるかもしれない。

再開されたキスは深く口腔内を舌がねっとりと動き回り、私の舌は夢中で追う。

背中のファスナーが引き下ろされ、床の上で布の塊になった。ブラジャーとショーツだけになったが、さほど羞恥心には襲われない。

ここまで来てしまったのだ。目的を叶えるためには恥ずかしがってはいられない。

京極さんは未経験だと知ったら、抱くのをやめるかもしれない。

「もっと……」

私は背伸びをして、彼の髪に指を差し入れ唇の輪郭を舌でなぞった。すぐに主導権は移って濃密なキスに変わる。頭がクラクラして、脚の力が失われていく。

京極さんに体を預けた私は抱き上げられて、ベッドに連れていかれ白いリネンの上に寝かされた。

「いつの間にこんなに綺麗になったんだ？」

彼はスーツのジャケットを脱いで近くのひとり掛け用のソファに無造作に放り、ネクタイの結び目に指を入れて軽く揺らして取っていく。その所作をぼうっと見つめた。

ワイシャツのボタンをはずしながら、私を組み敷きキスをする。

私は大胆に手を伸ばして割れた腹筋をそっとなでた。するとどういうわけか京極さんは顔をしかめ、私の両手首を掴んでばんざいをさせるような格好にさせた。

手首を押さえ、まるでシーツの上に縫いつけるようにして熱く唇を塞ぐ。

京極さんのいつもつけているダージリンティーとウッディ系のセクシーな香水を大きく吸い込むと、淫らな気持ちになっていく。

「紗世から甘いバニラの香りがする」

「私も、今、京極さんの香り――っんぁ」

ブラジャーを下にずらされ、露出した小さな頂が熱い舌で舐られ、ビクンと体がしなった。

「一樹だ。紗世。次に名前を呼ばなかったら罰を与えるからな」

彼は私の言動から未経験だとは思っていないだろう。

おどおどしたら不思議に思われる。演技をするのよ。演技をしなきゃ。

自分に叱咤して、にっこり小悪魔的な笑みを浮かべた。

「どんな罰を……？　京極さん」

京極さんは唇が触れ合いそうになる距離に顔をグッと近づける。そして、男の色気を漂わせる眼差しと余裕のある声でささやく。

「大人をからかうんだな」

組み敷いた私の体が反転し、京極さんの上にのせられていた。

びっくりしたが、京極さんの顔を見ないようにして、はだけたワイシャツに手を伸ばす。ほどよく筋肉がついた胸に手のひらをすべらせた。

京極さんの素肌は驚くほどなめらかで、無意識に唇を寄せてあてた。

舌を動かすと彼がピクッとして、その様子に間違っていないのだと勇気づけられ、割れた腹筋まで舌を這わせた。

アルコールが私を大胆にさせているのだ。

京極さんの体に夢中になっている間に、ブラジャーとショーツが脱がされ、彼の目にさらしていた。

奔放に振る舞っていたが、さすがに羞恥心に襲われる。

「俺がもちそうにない。主導権を返してもらおうか」

「きゃっ」

再びシーツの上に押し倒されて、私を劣情に染まった顔で見つめる。

「本気で紗世を抱くからな」

念を押され、乱れる呼吸をする唇が荒々しく塞がれた。

そこから先もまさに私が今まで経験したことのない世界で、とろとろにとろけそうなほど甘く、快楽の渦に溺れながら京極さんに身を預けた。

ひとりではない、温かい腕の中で意識が浮上した。

眠っている京極さんの横顔にドキッと心臓が跳ねて、昨晩のことを思い出す。

酔っていたけれど、京極さんに抱かれたのは覚えている。

忘れられるわけがない。

大人の世界を身をもって知り、なんにでも立ち向かえる気持ちになれる。京極さんに抱かれたら、我妻社長と結婚に進める。そう思っていたが、京極さんをもっともっと好きになっている。

でも彼は小玉さんと結婚するのだ。家柄もいい彼女と、詐欺に騙されて名雪流も存続させられるかわからない私。とても太刀打ちできない。

今何時……？

重いカーテンの隙間から明かりが見えるので、朝にはなっているだろう。京極さんを起こすのは忍びなくて、体を動かせない。

そのとき、ひとり掛けのソファの方から電話の鳴る音が聞こえてきた。

京極さんはピクッと頭を動かし、私は眠っているフリをする。そっと私から離れた彼がなかなか鳴りやまないスマホに近づく気配がした。

「奈緒、どうした？」

奈緒……小玉さんは奈緒美……。愛称で呼んでいるんだ。

胸が苦しくなるほどに痛みを覚えて、顔がゆがむ。

話をしている京極さんの声が小さくなる。リビングの方へ行ったようで、私は広いベッドから足を床につけた。

ベッドサイドにあるデジタル時計は九時三十分で、ギョッとした。母との約束があるのに。

早く帰らなきゃ！

こんな時間まで寝たのは久しぶりだ。というか、時間の感覚が失われるほど京極さんに抱かれたのだ。体を動かすと、あちこちが筋肉痛みたいに痛む。脚の間から腹部の奥のところも、今までに経験がないほど違和感を覚える。

京極さんがこちらに背を向けて話をしている間に着替えを済ませたくて、急いでベッドの足もとにあったストラップレスのブラジャーとショーツを身につける。

ドレスがソファの背にぶら下がっているのを見つけて近づいたとき、京極さんが振り返った。

「わかった。待っていてくれ。行く」

待っていてくれ。行く……。小玉さんに呼ばれたんだ。

通話を終わらせてスマホをテーブルの上に置いた京極さんは生まれたままの姿で、見事な体躯が目に飛び込んできて慌てた。急いでドレスを鷲掴みにし、パウダールームへ引っ込んだ。

　着用して出ると、京極さんはワイシャツのカフスを留めているところだった。

「すまないが、用事ができた。朝食を食べたら送っていく」

「私のことはかまわないでいいです。朝食も。ひとりで帰れます」

「よそよそしいな。朝食を食べてからでいいだろう？」

　京極さんには恋人がいる。後腐れのない関係にしなければ。

　首を左右に振ってからにっこり笑う。

「母の用事を思い出したんです。急いで帰らなくちゃ」

　京極さんに近づきすぎないようにして、テーブルの上の装飾品をバッグの中に無造作に入れた。

「えっと、コート……」

「クローゼットだろう。取ってくる」

　カフスをつけ終えた彼はスーツのジャケットを羽織りながら、颯爽とした足取りで入口近くにあるクローゼットへ向かい、私のコートを手にして戻ってきた。

　着せてくれたところで、再び京極さんのスマホが着信を知らせた。

「電話に出てください」

京極さんはポケットからスマホを出して、苦々しげな表情になる。

「紗世、話すことがある。後で連絡をする」

話なんてわかっている。

「……京極さん、素敵な夜でした。ごちそうさまでした。電話、急用なのでは」

お礼を伝える声が震えないようにするのが精いっぱいで、頭を下げてバッグを持つ。

まだ鳴り続けている着信音が止まった。京極さんが拒否をタップしたのだ。

「紗世！　プレゼントを忘れている。それに君をタクシーに乗せる時間くらいある。一緒に行くぞ」

そう言った途端、またスマホが鳴る。

「わ、私、先に行きます」

京極さんが持っているプレゼントの入ったショッパーバッグをひったくり、もう一度頭を下げてドアに向かった。

三、愛への変化［一樹ＳＩＤＥ］

親友の慎一が五年前に病気で亡くなってから、俺には成長を見守る女の子がいる。

慎一とは中学、高校、学部は違うが大学まで一緒で、俺たちの性格は異なっていたが気の合う幼なじみだった。

彼は将来名雪流の家元になるはずで、突然の他界に、妹の紗世は大変な思いをしただろう。家元の母親は次期家元になる慎一にかなりの期待をしていたので、相当ショックな様子だった。

兄亡き後、重責を背負うことになった紗世は、大学に通いながら名雪流の事務所で働き、自由時間はほとんどない生活だ。

慎一の代わりに年数回食事に連れ出していたが、大学生になった紗世を妹ではなく女性として見始めていることに気づいた。

だが俺は海外出張が多く、私的なことにあまり時間を取れずにいた。

早いもので紗世はもう大学を卒業する。近いうちに食事に誘って卒業を祝おうと考えていた矢先、海外転勤が決まった。

京極ホールディングスのロサンゼルス支社の最高財務責任者として、三年間の出向。

いずれは世界の主要都市にあるどこかの支社へ出向する予定だったが、ロスの最高財務責任者が急病で退職することになり、俺に辞令が下された。

社長である父から打診されたとき、脳裏によぎったのは紗世のことだ。これから彼女に付き合いを申し込もうと思っていたのだ。俺を兄のような存在としか見られなくても、強引にアプローチするつもりで。


日本を離れる前に紗世に話をしようと思案していた折り、代官山で偶然に彼女を見かけた。

「一樹、今日はありがとう」

にっこり笑う彼女は今人気の雑誌モデルの小玉奈緒美。俺は〝奈緒〟と呼んでいる。

彼女は同い年の幼なじみで、とある目的から夕食をともにし、彼女の住む代官山のデザイナーズマンションへ送ったところだった。

「ねえ、お休みのキスをしなきゃ」

奈緒が楽しそうに笑いながら俺に顔を近づける。

「おい、離れろ。お前とキスするつもりはない」

俺は親しげな笑みを浮かべながら、口ではぞんざいに突き放す。目の端で道路向こうの数人が足を止めたのがわかった。

奈緒のスクープを狙っているマスコミか？

道路の向こうへ視線を向けた俺は、三人の男女の中に紗世の姿を認めて驚いた。

こんなところで会うとは……。

紗世が先に歩き出し、ふたりも続く。

「なーんだ。マスコミかと思ったのに」

奈緒が肩をすくめる。

「ねえ、部屋でコーヒーでもどう？　涼太がいるわ。一樹に会いたいって言っていたし」

浅野涼太といい、若手の超人気俳優で奈緒の恋人だ。彼の芸能事務所が交際を禁止しているため、ふたりは内緒で付き合っていた。奈緒が浅野の住むデザイナーズマンションのフロア違いの部屋に引っ越して、さらにふたりの仲は深まったようだ。

そこで用心しなければならないのがマスコミだ。同じマンションに住んでいることで、ふたりの仲を疑う者も出てくるだろう。

スクープされれば大きな騒ぎになるのを懸念した奈緒は、俺に助けを求めた。俺を結婚秒読みの恋人に見せかけてカモフラージュする提案だ。

頼まれたときはばからしいと一蹴したが、何度も両手を合わせる奈緒に同情して、俺は片棒を担ぐことにしたのだ。

美しい奈緒に顔を寄せられてもなんとも思わない。

「恋人との逢瀬を邪魔するほど野暮じゃない。彼にはまた今度と伝えてくれ。じゃあ」

彼女から離れると、車に乗り込み紗世を追った。

これから帰るのか、それともあのふたりとどこか店に入るのか。もしくはタクシーをつかまえるかもしれない。

俺は紗世が恵比寿駅に向かっていると想定して、車を走らせた。すぐにひとりで歩いている彼女を見つけ、少し先で停車させて運転席から出た。

紗世は俺を見てびっくりした顔をして、少し手前で立ち止まる。

あのふたりと別れたのだから帰宅するのだろう。

「なにしている？　乗れよ。送っていく」

助手席のドアを開けて待つと、紗世は近づき無表情で口を開く。

「遠回りになるので、送らないでいいです」

彼女が遠慮がちなのはいつものこと。少し強引に言うと従うのも知っているので車内へと促す。

「……ありがとうございます」

運転席に着き、ウインカーを出して後方車に注意を払い車の波に合流させた。

「代官山で飲んでいたのか」

「はい。友達の自宅がこの近くで」

「一緒にいた男女？」

「高校からの友人で大学も一緒なんです。ふたりは付き合っていて」

友人と聞いて安堵するが、あの場に彼氏がいなかっただけかもしれない。

「紗世の彼氏は来ていなかったのか？」

「え？　彼は……いないです」

「それはすまない。大学生だからいると思ってたよ」

ホッと胸をなで下ろしながら、口もとを緩ませた。

「大学生でも全員がいるわけじゃないですよ」

「そうだが、紗世は綺麗だからいてもおかしくない」

そう、彼女は綺麗だ。紗世を自分のものにしたいと思うのだから、そう考える男がいないはずがない。

「そういえば、もう卒業か」

「はい。三月四日に」

「じゃあ、日にちを決めて食事に行こうか」

誘いに答えない紗世に、赤信号でブレーキをかけた俺は彼女に顔を向ける。

「俺と食事は嫌か？」

「い、いいえ。嫌じゃ、ないです」

プルプルと頭を左右に振り、紗世は笑みを浮かべた。

「よかった。お祝いをしよう」

「ありがとうございます」

約束を取りつけた俺は、浮き立った思いで紗世を文京区にある自宅に送り届けた。

俺は三月末日に日本を離れる。もう時間がない。だから約束した卒業謝恩パーティー後に、自分の気持ちを紗世に打ち明けるつもりでいた。

午前中、自宅で早めに仕事を片づけ、今夜のためにスーツに着替える。ビジネス用ではない、黒地に細かいグレーのストライプの入った華やかな三つ揃いだ。

近くの花屋へ赴き花束を買い、卒業謝恩パーティーが行われている水道橋のホテルへと車を走らせた。

約束の時間の五分前に到着し、ロビーのソファに座り紗世を待つ。

十分ほどが経ち、ドレスアップした若者たちがロビーに姿を見せ始めた。

紗世に会うことで、久しぶりに気分が高揚している。

ロビーでは卒業生たちが立ち止まり話をしたり出口に向かったりと、人の波が切れないが、ふと視線を動かした先にベージュの薄手のコートを着た紗世を見つけた。

俺はソファから腰を上げ、紗世のもとへ歩を進める。

彼女は透明感のある綺麗な顔を緩ませて、迎えに来た俺に礼を言う。紗世の背に手をあて、ガラスの扉の向こうに停車中の車へ案内した。

パーティーが終わったばかりで腹を空かせているのか気になり尋ねると、彼女は俺との食事を楽しみにしていたのでほとんど食べなかったと言った。

今日の紗世はいつもと違う雰囲気のように思える。髪形やメイクといったものではないが、それがなんなのか俺にはわからない。

とにかく彼女が今日を楽しみにしていたことがうれしい。

最高のもてなしをしてくれる湾岸エリアの五つ星ホテルの地下駐車場に車を止め、紗世を伴い会員専用フロアへ向かった。

二十階建てのホテルの十五階にある会員専用フロアでは、男性コンシェルジュが待っていた。

「京極様、お待ちしておりました」

紗世をこのホテルへ連れてくるのは二回目だ。落ち着きのある彼女は、キョロキョロ辺りを見回したりはしない。

「お久しぶりです。今日は特別な女性を連れてきたのでよろしくお願いします」

俺はコンシェルジュに車の鍵を渡す。

入学祝いでここに来たときと、紗世に対して抱く気持ちはまったく違う。今日想いを伝えるんだという決意を改めて自分に言い聞かせるように、はっきりとした口調で〝特別な女性〟と口にした。

「かしこまりました。私どもにお任せください」

案内をするコンシェルジュに続き、歩を進める。

うしろに立つ紗世へ振り返ると、彼女は暗い窓を見ていた。

「紗世？　レストランへ行こう」

「あ、はいっ」

彼女がなにを考えているのか気になったが、促してレストランの個室に落ち着いた。

紗世がコートを脱ぎ始め、俺はそれを引き取ったが、彼女の可憐な姿に息をのむ。サックスブルーが彼女の肌の白さをよりいっそう際立たせ、陶磁器のようだ。

少し気恥ずかしそうな笑みを浮かべる紗世を椅子に座らせ、俺も彼女の対面に着座した。

「イタリアンにしたんだ。違うものが食べたければ変えてもらうが？」

「いいえ。イタリアンは大好きですから」

「そう記憶していたよ。まずはシャンパンで乾杯をしよう。まだ甘めが好きか？」

二十歳になってからアルコールを飲むようになったが、紗世の好みは甘いものだ。

すると彼女は首を左右に振り、淡水パールが連なるイヤリングが揺れる。

「そんなことないです。中間くらいなら」

俺はコンシェルジュの代わりに入ってきた黒服のスタッフに尋ね、ブルゴーニュ産の中甘口があると聞きそれに決めた。

中甘口と言っても中辛口に近いもののようで、真剣にシャンパンの説明を聞く紗世にとって新しい味わいになるだろう。

謝恩パーティーの話を振るが、さほどおもしろくはなかったようだ。だが、ドレスアップした綺麗な紗世は注目を浴びたのではないだろうか。

そこへ先ほどのスタッフがシャンパンをワゴンで運んできた。頼んでいた通り、下のスペースに午後に選んだビロードのような花びらのバラの花束と、卒業祝いのプレゼントが用意されている。

シャンパンを注いだスタッフは俺に花束を手渡し、テーブルにプレゼントを置いた。

腰を上げ、テーブルの向こう側にいる彼女に近づく。

「紗世、卒業おめでとう。慎一が生きていたら心配で仕方がないだろう」

かわいい妹を自慢していた慎一だ。今の彼女の姿を見たら、悪い虫がつくのではないかとさぞ気掛かりだっただろう。

「月並みだが、バラを選んだ。この花束が似合う女性になったな。華道家に言うのもおかしいが」

椅子から立った紗世は、恥ずかしそうにバラの花束を受け取った。

「ありがとうございます。男の人から花束をもらったのは初めてです。お花に慣れ親しんでいても、これだけの真紅のバラを持ったことはないです」

「喜んでもらえてよかった。それと、これはプレゼントだ」

もう大学生ではないので、長く持っていられるハイブランドのバッグと腕時計をプレゼントに決めた。

「私には……」

「いや、似合うはずだ。家に帰ってから開けて見てくれ」

「はい。そうさせてもらいます。プレゼントありがとうございました」

うれしそうな紗世の笑顔をずっと見ていたいが、三年間の転勤を思い出して憂鬱な気持ちが俺を襲う。

でももう決まったことだ。紗世が俺を将来の夫として見てくれるのなら、時間を作りお互いが行き来すればいい。

「京極さん、大学も卒業したので、大人の世界を見てみたいんですが……」

「大人の世界？」

紗世の言葉がわからず、微かに首をかしげ彼女を見つめる。

「ここのバーのような、大人の雰囲気が漂う場所に行ってみたいです」

食事後、まだ俺からの話は済んでおらずバーに誘おうと考えていたが、紗世から提案された。

「なるほど。紗世は一歩大人の世界へ足を踏み入れたいのか。わかった。社会勉強にいいだろう」

入室したスタッフに伝え、紗世を連れてペルシア絨毯の敷かれた廊下の先にあるバーへ向かう。

ライトの明かりが落とされたバーの奥のL字型のソファに座り、紗世のドレスの裾から覗く膝に俺の膝が触れ、落ち着かない気分になる。

「紗世はどんなお酒が飲みたいんだ？」

「ん……大人っぽいカクテルを。あ、こういうグラスで、オリーブが入っている」

薄暗いせいか、紗世がなまめかしく見える。

「マティーニか」

「それかもしれません」

「いろいろ試してみるといい。自分の好みがわかってくる」

オーダーを済ませて紗世に目をやると、必死に落ち着こうとしている様子が見て取れて違和感を覚えた。

ソファに軽く座り直した彼女は「あっ」と小さく声をあげる。イヤリングが床に落ち、紗世は腕を伸ばして探し始めた。

一度体を起こした紗世の手にはイヤリングはなく、俺が捜そうとした瞬時、彼女の方が早かった。

体勢が窮屈なのだろう。彼女が俺の膝の上に手を置き探している。オフショルダーから覗く鎖骨、なめらかな白い肌。胸の膨らみが目に入った。

その体勢は刺激的すぎて、俺の体を熱くさせる。

目線を紗世の顔に移せば、彼女は恥ずかしそうにまつげを下ろす。

「見つからないのならスタッフに頼もう」

「あ、待ってくださいっ。ありました！」

急に体を起こしたせいで、紗世は体をふらつかせ俺の胸に倒れてきて、腕を支える。

けっこう飲んでいるから、窮屈な体勢で体を起こし酔いが回ったのかもしれない。

「大丈夫か？」

「は、はい。ありがとうございます」

紗世は恥ずかしそうにコクッとうなずいた。

いつもと彼女の様子が違うのは気のせいなのだろうか。

色気を感じさせたかと思うと、恥じらいを見せる。

ドライマティーニを飲んだ彼女の顔が赤く色づく。今度は俺のスコッチの味を尋ね、飲んでみたそうなそぶりをする。

スコッチのグラスを口もとへやる紗世の動きが止まった。彼女にはアルコールがきつすぎるだろう。

だが紗世はなんとしても飲む気で、ひと口スコッチを喉に通して顔をしかめた。慌ててイチゴを半分食べている。

紗世を見ていると、かわいくてずっと愛でていたい気持ちになる。

イチゴを半分かじったせいで赤い液体が唇の下の辺りに垂れ、俺は反射的に指の腹で拭っていた。

だめだ。このままでいると紗世の唇を奪いたくなる。

スコッチを飲み、ひと息ついたところに、紗世はイヤリングをつけてほしいと頼む。

どうしたんだ？

海外転勤の話をするつもりだったが、今は紗世とのこの時間が愛おしく、口にできない。それに酔っている今、真剣な話をするべきではないかもしれない。

紗世の俺への気持ちはわからないが、どうやら彼女は俺をからかうのが楽しいようだ。そうなると、紗世の調子に合わせたくなる。

イヤリングをつけようと彼女の顔に近づけ、耳たぶをつまむ。

「紗世の耳たぶは赤ちゃんの肌みたいにやわらかいな」

「あ、赤ちゃんの肌なんて、京極さん知っているんですか？」

俺に触れられて動揺している様子だが、嫌がってはいない。恋人もいないと言っていたから男を知らないだろう。

「まったく……紗世は男に慣れていないな」

そう言うと、彼女の口から驚く言葉が出る。

「そんなことないですよ」

〝そんなことない〟……？　彼女は見かけほど清純ではないのか？

「慣れていないわけじゃないです。後腐れのない関係が好きなので、特定の人がいないだけで」

表情には出さなかったが、紗世の発言には驚かされた。

急に積極的になった彼女は俺の手の甲に手を重ねる。細い指だ。

うつむいている紗世は重ねた手をすべらせ、指の間に指を差し入れてそっと握る。

どういうことなんだ？

「紗世？　酔っているのか？」

「京極さん、私、お酒を飲むと……したくなるんです」

は？　したくなるとは、セックスのことか？

「紗世？」

恋人はいないと言ったが、彼女は今までもそんな関係を男と？

嫉妬が胸の内を覆い、もしそうならばと腹が立ってきた。

「……もっとお酒……飲ませてください」

そんな蜜のような甘い声で頼むのかと、今日は紗世に驚かされてばかりだ。

紗世は俺に抱かれたいと思っているようだ。

本当に彼女は俺と……？

彼女の大胆な発言や行動は少し大根役者のような感じがするのも否めない。

〝したくなる〟と言った次の瞬間は〝飲みたい〟。どうにも支離滅裂じゃないか？

だが、俺も相当紗世に欲情している。

彼女がセックスしたいのなら我慢しない。

紗世がメニューをもらうために呼んだスタッフに、部屋を用意するように伝えた。

紗世は清純な一面を見せながら奔放に振る舞った。

なぜ俺に抱かれたいと考えたのかはわからないが、それが俺に対する〝愛〟だと思いたい。

腕の中で彼女は眠りについたが、擦り寄る紗世の仕草でふと明け方目を覚まし、彼女の体を再び堪能した。

紗世はドアからひとり出ていった。しらふに戻り、羞恥心に耐えられないような表情で。

こんなときに奈緒からの電話はタイミングが悪すぎた。そして、さらにタイミングの悪い秘書の電話だ。

紗世とこれからの話をするつもりだったのに！

秘書の電話には拒否をタップした。

再度かかってきた奈緒からの電話に出た自分に腹を立て、彼女のいる代官山のデザイナーズマンションへ向かう。

秘書からはホテルを出る際にメッセージが送られてきて、明日のランチミーティングが夜に変更になったとのことだった。

奈緒の電話は、マスコミに今朝浅野とエントランスで一緒にいるところを見られたとのヘルプだった。

ふたりの恋愛だ。勝手にしろと突き放せばいいのだが、一度引き受けたものはやり通す性格の自分が恨めしい。

用事を思い出したと紗世は言っていたが、気まずかったのだろう。午後に連絡を入れて会いに行くつもりで、車を走らせる。

奈緒が二台借りている駐車スペースに車を止め、ゆっくりした足取りでエントランスへ足を運ぶ。

道路の電柱に数人の記者がいる。記者を気にも留めずエントランスに入り、預かっているカードキーでロビーへ入る。

俺がマンションへ姿を見せることで、浅野とは熱愛をしていないと思わせるためだ。

七階建ての最上階に菜緒の部屋がある。

インターホンを鳴らしてすぐ内側からドアが開き、奈緒がにっこり笑う。

「ずいぶん余裕だな」

奈緒の笑顔に嫌みのひとつも言いたくなる。

「忙しいのにごめんって言ったでしょう。鍵を持っているんだから勝手に入ってくればいいのに」

リビングへ入り、アジアン家具の籐のソファに腰を下ろす。

「休日なのにわざわざスーツを着てきてくれたのね。それも飛びきりおしゃれなやつ」

隣に座り体を俺の方に向けた奈緒は、スーツの胸ポケットのハンカチに手を伸ばす。

「お前のためじゃない。で、なぜエントランスにふたりで出たりしたんだ?」

「う〜ん、うっかり。ほら、離れがたいときってあるじゃない?」

奈緒は肩をすくめる。

「不注意すぎるぞ。浅野は若いし芸能界の経験もお前の方があるんだ。お前がしっかりしろ。来月には俺をカムフラージュに使えないんだぞ」

「そうなのよね……。それが痛いわ。ねっ、いっそのこと婚約しちゃわない?」

顔を接近させ、まるでカメラに向かい撮影をしているかのように魅力的に笑う。

俺は人さし指で近づく奈緒の額を押しのける。

「ふざけるな。恋人のフリならかまわないが、婚約なんてしたら俺に傷がつくだろ」

「だって、婚約していればマスコミもあきらめると思うの」

奈緒は額をすりすりなでる。

「浅野の帰宅時間と被らない。外で会わない。それを守ればすっぱ抜かれることはないだろう」

「……そうするわ。でもお願いがあるの」

「嫌な予感がするな」

「婚約の公表はしなくていいわ。エンゲージリングを選ぶフリをして。私たちが宝飾店に入るところをマスコミに知られればいいのよ。今下で張りついている記者にね」

宝飾店か……。紗世の顔が思い浮かんだ。

「わかった。行こう」

「本当に？　急に乗り気になってくれてびっくりだわ」

奈緒は切れ長の目を大きく見開く。

「冗談だったのか？　嫌ならいいが？」

「違うわ、本気よ。だめだって言われるだろうなって思っていたから拍子抜けしたの」

驚きから満面の笑みに切り替えた奈緒に俺は苦笑いを浮かべた。

奈緒と銀座の宝飾の最高峰と名高い宝石店へ赴き、案内された個室で紗世へのリングを選ぶ。

奈緒には話していなかったため目を見開いて驚かれたが、「そうなんだ。好きな人がいたのね」とニヤニヤしていた。

大学の入学祝いにファッションリングが欲しいと言われたとき、紗世と一緒に買いに行ったため指のサイズはわかっている。あの頃と変わらないだろうが、万が一合わなければ贈った後に直しを依頼すればいい。

奈緒は自分で気に入ったサファイアのリングを買い、俺はダイヤモンドのエンゲージリングを選んだ。

ロスへ行く前に紗世にプロポーズをする。

奈緒を自宅に送り、タワーマンションの住まいへ戻ったのは十七時。

何回か紗世のスマホに電話をかけてみたがつながらなかった。用事があると言っていたのは本当だったのか。

「家にかけてみるか」

紗世の都合がつけばこれから会いに行き話をしたい。

シャワーを浴びカジュアルなカットソーとジーンズに着替えてから、スマホを手にした。

まずは紗世から着信がないか画面を確認するが、入っていなかった。

まだ用事が終わっていないのか……。

思案しながら、名雪家の電話番号を表示してかける。

《名雪でございます》

数回の呼び出し音で、紗世の母の声がした。

「京極です。ご無沙汰しております」

《まあ、一樹さん！　お久しぶりだこと。お元気そうね。あ、ご結婚が秒読み段階とか。おめでとうございます》

家元が週刊誌の記事を知っているということは紗世も？

「あれは本当ではないので、真に受けないでください」

紗世にプロポーズしようとしているのにほかの女性との結婚の噂があるのは心証がよくないため、きっぱり否定する。

《そうだったの。お家柄もいいお嬢さんだし、なんといってもお綺麗だから。ご両親は喜んでいるのではないかと思っていたのよ。そうそう、紗世も結婚が決まったの》

今、なんと言ったんだ……？

「すみません。最後の方を聞き逃しました。なんて？」

《紗世が結婚をするのよ。お相手は大手花屋を経営している若手社長なの》

家元の声ははっきり聞き取れたが、頭の中が真っ白になった。

「紗世さんが結婚を？」

もう一度尋ねなければ気が済まなかった。

《ええ。あら、まだ若いのにと思っているのね？》

「……突然のことで驚いただけです。今紗世さんはいますか？」

家元の話には衝撃を受けたが、紗世に会わなければ気が済まない。

《もうそろそろ戻ってくるわ。夕食を食べに婚約者がいらっしゃるから。一樹さんも近いうちにいらしてね。張りきってお料理をするわ》

通話を切ったとき、食事の誘いに返事をしたのか覚えていなかった。

「紗世が結婚？　俺とあんなに情熱的に寝たのに？」

彼女の行動は解せないものだった。

誰とも付き合ってはいないと言っていたのは嘘だったのか？

四、傷心とプロポーズ

京極さんから逃げるようにして、ホテルからタクシーに乗って自宅に戻ったのは十時三十分近かった。

母はお稽古中だったので、急いで二階の部屋へ行き京極さんからのプレゼントを押し入れの中にしまい、シャワーを浴びる。

お湯に打たれる肌には京極さんの唇が触れた痕が至るところにあって、体の芯が疼(うず)く感覚に襲われる。

私、京極さんと……。

昨晩は誘惑するとき、心臓が破裂しそうなほどドキドキしたけれど、その後は京極さんの腕の中で……。今までで一番幸せな時間だった。

さっきは慌てていてちゃんと話ができなかったから、本当の気持ちを打ち明けたい。

でも、京極さんには美しい小玉さんがいる。私とのことは結婚前の火遊びだったのかもしれない。そう考えると二の足を踏む。

いけないっ、早く出て着物に着替えなきゃ。

今は深く考えている時間がない。歌舞伎の開演前に楽屋へ行って花かごを渡す予定がある。

なんとかすべての支度を終えたとき、お稽古を抜け出したクリーム色の小紋姿の母が現れた。

「遅かったじゃないの。開演は一時よ」

「大丈夫。十二時になったばかりだもの」

桜色の訪問着を身につけ、髪を手早くアップし、メイクはとりあえずおかしくない程度で終わらせて着物のバッグを手にした。

「気をつけて行きなさいね」

「はい。いってきます」

急いで玄関へ行き、花かごと手土産を持って家を出た。

スマホを自室に置いてきてしまったと気づいたのは電車に乗ってからだ。

普段はスマホを肌身離さず過ごしているため落ち着かないが、仕方がない。

本来ならば家元の母が訪問した方がいいのだが、二時間半かかる演目は途中休憩があっても体調が完ぺきではないときついと思慮し、私が代理を買って出たのだ。

歌舞伎は幼い頃、祖父母に連れられて鑑賞したときに好きになり、以来時間を見ては足を運んでいる。

電車で東銀座駅に向かい、二十分前に劇場に到着した。急いでスタッフに話をして楽屋へ向かう。

座長から話を通してもらっていたので、すぐに楽屋へ赴くことができてホッと安堵した。

七十代の座長は、祖父の旧友だった。ときどき顔を見せる私を孫娘のように喜んで迎えてくれる。

開演時刻まで余裕がなかったので、入口で顔を見せて花かごと手土産を付き人の男性に手渡し、座席に向かった。

席は一階の前列から七列目、花道の真横だった。七列から九列がとちり席と言われ、いわゆる観やすい席だそうで、〝いろはにほへと……〟で七列は〝と〟、八列は〝ち〟、九列は〝り〟だからだ。

座長からの招待はいつも一等席なので、そこを空席にするわけにもいかないのだ。

演目は恋する娘の切ない想いを綴ったもので、観ていると自分の京極さんへの気持ちと似ていて苦しくなった。

観劇後、母の好きな焼き菓子を買いに銀座一丁目まで足を伸ばすことにした。

晴れていてそれほど寒さを感じない。もうすぐ桜の季節だ。

中央通りを歩いていると、若い女性ふたりがひとつの方向に指さして注目していた。

「あれ、モデルの小玉奈緒美じゃない？　きゃーっ、宝石店に男性と行くんじゃない？」

え……？

通り過ぎる私の耳に彼女たちの興奮した声が聞こえた。立ち止まり彼女たちが見ている方へ顔を動かすと、ハイジュエリー店に入っていく長身のふたりが目に入った。

小玉さんと京極さん……。

「あの男性って、もしかして噂のある人よね？」

「電車の中刷り広告で見たわ。あの宝石店でエンゲージリングを選ぶのね。さすがセレブ！」

京極さんと小玉さん……エンゲージリングを……。

やはり私とのことは火遊び。それはわかっていたことだ。私は我妻社長よりも大好きな人と最初に経験したかっただけなのだから。

それでもショックを受けぼうぜんとなっているうちに、気づけばふたりの女性は立ち去っていた。

京極さんが出てくるまでその場にいたい気持ちに襲われたが、幸せそうなふたりを見たら惨めになる。

そう思ったら一刻も早く離れたくなり、母へのお土産をあきらめてそこから一番近い銀座一丁目駅に向かった。


「ただいま……」

気持ちがどうしようもなく落ち込んで、挨拶だけ母にしようとリビングに顔を出す。

母は受話器を置いたところだ。

「おかえりなさい。無事お渡しできた？」

「うん。間に合ったわ。電話だったんだ」

もしかして詐欺の件で警察から？と期待して尋ねるが、慌てる様子がないから違うだろう。

「あ、そうそう、一樹さんから電話だったの」

「えっ？」

心臓が止まるくらい驚いた。

「な、なんて……？」

「用件は言っていなかったわねぇ。久しぶりに声を聞こうと思ったんじゃないかしら。

紗世の結婚の話をしておいたからね。驚いていた様子だったわ」

「結婚の話をしたの⁉」

知られたなんて……。

結婚話があるのに、ほかの男を誘うひどい女だと見なされたかな。でも京極さんは
小玉さんと結婚するのだから、どう思われようと関係ないか……。

「いけなかった？　決めたものだとばっかり……」

少し慌てた様子の母に、首を横に振る。

「ううん、そうだね。大丈夫」

「それから、我妻社長から三人での食事を提案されたの。でも今日は出掛けて疲れて
いるでしょう？　だから自宅に招いたわ。紗世に連絡しようと思っていたところよ」

「え？　今日、我妻社長が？」

うれしそうに話す母に思わず聞き返す。この二日間で疲れているが、いつになく
嬉々としている母を思うと、『今日は呼んでほしくなかったのに』とは言えない。

「お寿司を頼んだからお吸い物を作るわね」

「我妻社長は何時に来るの？」

「七時よ」

「それまで少し休んでるね」

断りを入れリビングを後にするが、階段を上るのにも力が出ずにのろのろと自室へ足を運ぶ。

自分のどうにもならない想いが胸に詰まり、泣きたかった。

自室に入って着物を脱ぎ、セーターとスカートに着替えると、ベッドに力なく横たわる。

頭を枕につけ目を閉じる。疲れすぎていたのか、スーッと暗闇の中に沈んでいった。

「紗世、紗世。起きなさい。あと十分で七時よ」

体を揺さぶられて意識が浮上し目を開けた。

一時間半ほど寝たのだが、五分程度しか経っていない気がした。疲れはまだ取れず、頭が働かない。

そうだ……。京極さんに我妻社長とのことを知られちゃったんだ……。

「もうすぐ我妻社長がいらっしゃるわよ。早く下に来なさいね」

母が部屋を出ていってから体を起こして、膝に顔をうずめる。

しっかりしなきゃ。

ベッドから足を床につけたとき、インターホンが鳴った。

乱れた髪を梳かして階下へ下りると、玄関で我妻社長が靴を脱いでいた。

「いらっしゃいませ」

「紗世さん、今日も会えるなんてとてもうれしいです」

我妻社長は母が並べたスリッパに足を入れ、笑顔を見せる。

気のきいた言葉を言えない私の代わりに母が口を開く。

「たいしたものはお出しできませんが」

「いえいえ。おかまいなく」

ダイニングルームにはすでにお寿司の飯台がめいめいに置かれ、母が急いで作ったのだろう、煮物やサラダなども用意してあった。

「どうぞお座りになって。ほら紗世、なにぼうっと突っ立ってるの。お席に案内して」

「あ、どうぞ。こちらです」

食事が用意されている私の隣席の椅子を引いて我妻社長に座ってもらい、母の手伝いにキッチンへ行く。

「ここはいいから、我妻社長にノンアルコールビールを勧めなさい。お車だから」

「はい」

冷蔵庫から冷えた缶を出し、トレイにのせてテーブルへ戻る。

「お車だと聞いたので。どうぞ」

缶を開けて、彼のグラスにビールを注ぐ。

「ありがとうございます」

そこへ母が漬物を持ってきて、テーブルの上に置く。

「我妻社長、〝ありがとうございます〟だなんて、他人行儀じゃありませんか」

「ははは、慣れていないので」

「おいおい慣れていけばいいですものね。どうぞ、お口に合うかわかりませんが召し上がってください」

「いただきます」

我妻社長はビールをグイッと飲み、グラスからお箸に持ち替え、煮物の里芋に手を伸ばした。

「とてもおいしいです！」

里芋を咀嚼してから満足げな表情を浮かべる我妻社長に、母もうれしそうだ。

母と我妻社長の会話を聞きながら、サーモンのにぎりを口に入れる。考えてみたら今日一日、劇場で小さな三切れのカツサンドを食べただけだ。

京極さんのことを考えると食欲が出ないが、大好きなお寿司を平らげなかったら不自然だし、体調が悪いのかと心配される。

電話をかけてきたのはどうして？　私が帰宅したときだから……京極さんは宝石店を訪れた後……。

小玉さんにエンゲージリングをプレゼントして、急に昨晩のことを口止めしようと電話をかけてきたのかもしれない。

「——世？　紗世？」

母の呼ぶ声で思考が遮られ、ハッとなる。

「え？　な、なに？」

「ぼうっとして。我妻社長のグラスが空よ」

「も、持ってきます」

席を立つ私に我妻社長が「紗世さん、すみません」と声をかける。

「いいえ。どうぞお気になさらずに」

小さく頭を下げキッチンへ歩を進める。どうしても京極さんのことを考えてしまう自分を心の中で叱咤した。

飲み物をトレーにのせて戻ると、我妻社長から今度の土曜日の夜食事に誘われた。

「いいじゃない。紗世、行ってきなさいな」

どんどん距離を詰めようとする我妻社長に困惑気味だが、誘うのが京極さんだとしたら迷うことなく笑顔で『はい』と返事をするはず。

要は、惹かれていないからだ。

口もとに笑みを浮かべ期待を込めた様子の我妻社長とうれしそうな母の手前、約束をするしかない。

「土曜日ですね……大丈夫です」

返事をする私に、我妻社長は「事務所へ迎えに行きます」と言った。

母は我妻社長の見送りを私に任せたので、玄関を出て門に歩を進める。通路の足もとにソーラーライトの明かりがあり、歩くのには不自由しない。

我妻社長の背中をぼんやり見ていると、ふいに門の手前で彼が立ち止まり振り返る。

「紗世さん」

真剣な眼差しを向けられ、突然抱きしめられた。

「わ、我妻社長っ」

「克己です。忘れましたか？　今日はずっと名前で呼ばれず寂しかったです」

彼の吐息が耳に触れ、ぞわっと鳥肌が立ってとっさに離れようと身じろぐ。だが、がっしりと背に腕が回り、身動きが取れない。

「私の気持ちは真剣です。あなたを妻にしたい」

顔の距離を詰められ、背けることもできずに唇が重なった。

「んんっ」

まさかこの場でキスされるなんて思いもよらなかった。

ねっとりとした唇に塞がれ、吐息はビールのにおいがして吐き気が込み上げ、今すぐ離れたかった。

しかし上唇と下唇を舌で押し開かれる。

「ん――っ」

呼吸が苦しくて、我妻社長の胸を押しのける。

ちゅっとリップ音を立てて彼の唇が離れた。

「謝りませんよ。あなたのせいです。紗世さんがとてもかわいらしくて我慢ができませんでした」

早く唇を拭きたいのに、今後のことを考えるとそれができない。

「では、土曜日に」

我妻社長は当惑というよりも狼狽している私から離れ、通用門を出ていった。

通用門から彼の姿が消えると鍵を閉め、その手を口もとへ持っていき袖で拭く。

やっぱりキスされても嫌悪感しかない……。


部屋に戻り、冷蔵庫から持ってきたノンアルコールビールの缶のプルトップを開けてゴクゴク喉に流し込む。我妻社長にキスされたときのにおいを払拭したかった。

母や我妻社長、そして京極さんへの想いなどで精神が疲弊している。

そうだ。京極さんからのプレゼント……。

彼はどうして私のスマホじゃなくて家の電話にかけたの？

そこで出掛ける際にスマホを忘れて出たのを思い出しハッとなる。

タンスの上に置いたままのスマホを手にしてタップすると、京極さんから二回着信があった。

ホテルを出るとき、『紗世、話すことがある。後で連絡をする』と言っていた。私とは遊び、結婚相手は小玉さんだと告げるつもりだったのだろう。

私も我妻社長と結婚するのは、ほぼ決定だ。

初体験の相手は、ずっと前から憧れていて好きだった京極さんでよかったのだ。もう忘れて前に進まなきゃ。そう考えたから京極さんを誘惑した。

押し入れからプレゼントを出して、リボンがかけられた大きな箱を開ける。流行に左右されないデザインでいつでも人気があり、なかなか手に入らないというこげ茶の大きな革のバッグだ。

こんな高級なバッグを持ったことがなく、目が丸くなる。もうひとつの小さな箱は、〝3・6・9・12〟の四つの数字の横にダイヤモンドがちりばめられている時計だった。こちらも想像できないくらい高価なのでは……。

困惑するが、京極さんならもっと高級なものを小玉さんに贈っているだろう。例えば、今日ふたりが訪れていた世界中のセレブ御用達で有名なハイジュエリー宝石店でエンゲージリングを……。

重いため息をつき、泣きたくなるのをこらえながらプレゼントを箱にしまい押し入れの奥に戻した。

静まり返った部屋で聞こえるのが自分のため息ばかりで重々しい。

そこへどんよりした空気を破るようにスマホが鳴った。驚いてビクッと肩が跳ねる。

京極さんっ……?

ベッドの上に無造作にふせて置いてあったスマホを手にして見ると、京極さんではなく侑奈だ。

ごめん……侑奈、今は出られない。

気持ちの整理ができていないのに、昨晩のことを話せそうにない。

呼び出し音は数回でピタッと止まった。

電話に出なかった罪悪感に襲われていると、侑奈からメッセージが送られてきた。

【昨日、たきつけちゃったから心配で。どうだった？　いつでもいいから連絡してね】

そうだよね。心配していたのは充分わかる。

メッセージだけでも送ろう。

【電話に出られなくてごめん。いろいろあって。ちゃんと話したいから大阪へ行くまでのどこかで会いたいな。連絡するね】

打ち終えて侑奈へ送信する。

すぐに【わかった！　ゆっくり休むんだよ】というメッセージとともに、猫が布団に入っているスタンプが戻ってきた。

木曜日の夕方。明日のお稽古の準備を終わらせ、先に帰宅した工藤さんに続いて帰り支度をして母にもうすぐ事務所を出るとメッセージを送ったところで、ふいに京極さんの名前が画面に出て、スマホを落としそうになった。

着信は続いていて、切れそうにない。ドキドキ暴れる鼓動を鎮めようと大きく深呼吸をしてから通話をタップした。

「もしもし……」

《結婚すると聞いた。俺たちのことは?》

鋭い声に、怯みそうになる。

「私たちのことは誰にも話しません。京極さんに抱かれたのは……あのとき言った通り、お酒を飲むと……したくなっちゃうんです。あの場にいたのが京極さんだったっていうだけです」

《つまり誰でもよかったってことか?》

「そうです。婚約者がいなかったから。京極さんに抱かれたくなったんです」

京極さんだって、結婚相手がいるのに私を抱いたのだ。私を責めるなんて、お門違いだ。

突として、バンッとなにかがあたる音がした。

《ふざけるな! 紗世はそんな女じゃないし、バージンだっただろ》

荒らげた声と内容にドキッと心臓が跳ねた。バージンだと知られていたのだ。

「……そんなわけないじゃないですか。経験が浅いだけです」

京極さんと小玉さんの結婚は悲しいけれど、私を抱いたことで罪悪感を持ってほしくない。結婚が秒読みと知りながら誘惑したのは私で、京極さんは流されただけ。

これで京極さんと話をするのは最後……。

心臓が鷲掴みされているみたいに痛みを覚えたが、京極さんへの想いをきっぱり断ちきらなければ。

もともとそのつもりだったのに、京極さんに情熱的に抱かれて、気持ちが揺れ動いてしまったのだ。

《紗世、ちゃんと話し合おう》

「必要ないです。婚約者にあなたのことがバレたくないんです。では失礼します」

きっぱり言って通話を切った。

「ううっ……」

スマホを持ったままその場にくずおれて泣きじゃくり、しばらくして頭に浮かんだのは侑奈だ。

侑奈の番号を出してかける。

《もしもーし》
明るい侑奈の声がした。
「侑奈、これから時間、ある……？」
《もちろんあるよ。そっち行こうか？》
私の声が沈んでいるのがわかるのだろう。
「泊まってもいい？　加茂君いるんだったらいいの」
《今日は友達と会ってるから来ないわ。じゃあ、気をつけて来て。夕食はまだでしょ？　紗世の好きな韓国料理をデリバリーしようよ》
「……うん。おなかペコペコ。じゃあ」
侑奈との通話を切った後、母に電話をかける。
《紗世、連絡をくれたのに遅いじゃない。なにかあったの？》
三十分もかからずに帰宅できるところを一時間は経っている。
「ごめんなさい。ちょっと用事ができて。侑奈のところに泊まってくる。もうすぐ大阪へ行っちゃうから」
《泊まったばかりじゃない。明日も仕事よ？》
「それはわかってる。朝一で帰るから」

《仕方ないわね》
　母は渋々了承してくれて、事務所を後にした。

「紗世、おつかれ。入って、入って」

「突然ごめんね」

　駅に着いてからパティスリーで購入したケーキの箱を侑奈に手渡す。

「もうっ、手ぶらでいいのに。でも、うれしーい。あと三十分くらいで料理が来るからね」

「ありがとう。韓国料理は久しぶりだよ」

「ミルクティーでいい？」

「うん」

　コートを脱いで洗面所で手を洗ってから、三人掛けのソファに落ち着く。目の前にはローテーブルが配置され、その先にテレビがある。

　侑奈の部屋は十二畳のワンルームでひとり暮らしには不自由しない広さがあって、ここへ来るたびうらやましいと思っていた。自分にはできない自由だからだ。

「疲れた顔をしているよ」

ミルクティーが入ったマグカップをふたつ持った侑奈が隣に座り、じっと私の顔を見つめる。そう言うからには泣いたことがバレているのだろう。

彼女から視線を動かし、手渡されたマグカップを口につける。

侑奈は私が口を開くまで待ってくれているみたいで、彼女もミルクティーを飲んだ。

「……おいしい」

もうひと口飲んで、マグカップをテーブルにのせる。

「でしょ。茶葉を牛乳で煮だしたからね。で、ちょっと砂糖も入っている」

「お店みたいだよ」

そう言うと、侑奈が噴き出す。

「それは言いすぎっ」

侑奈の明るさに話しやすくなり口を開く。

「あのね……結果から言うと……祝！　脱バージン！」

にっこり笑って両手を上げた。

「そっか、うまくいったんだ。でも、おめでとうって言っていいのかわからない……。私がたきつけちゃったせいよね？　紗世、後悔しているみたいに見える」

自責の念に駆られた様子で、侑奈は瞳を潤ませる。

「紗世、ごめんっ！」

　ガバッと頭を下げられてしまい、慌てて彼女に腕を伸ばす。

「違うの、侑奈のせいじゃないよ。私が京極さんに抱かれたいと願ったし、それが実現できて幸せだったの。私が落ち込んでいるのは別の理由なの」

　頭をもとに戻した侑奈は「別の理由……？」と困惑する。

　銀座で見かけた京極さんの話と、母が我妻社長との結婚をとても喜んでいること、我妻社長に触れられると生理的に嫌な気持ちになるなど、自分の胸の内をぽつりぽつりと話した。

「京極さんの件は残念……そっか、でもさ、エンゲージリングを選んだと決めつけるのは早くない？　聞いてみなかったの？」

　侑奈の問いかけに、首を左右に振る。

「頭がおかしくなりそうなほど、ネットで小玉さんの記事を探して見ちゃうの。エンゲージリングの件がネットニュースになっていて、彼女は肯定も否定していなかった。うれしそうな笑顔が印象的で、胸が張り裂けそうなくらい痛かった」

「かわいそうに……」

　侑奈が肩を抱きしめてくれる。

「どうしよう……我妻社長にキスされると嫌悪感しかないの。これで結婚なんてできるのかな……」

「その人と結婚しないことはできないの？」

「そうなったら、名雪流は看板を下ろさなくてはならなくなるよ」

驚愕する侑奈は私から体を離して尋ねる。

「看板を下ろす⁉　細々とやってはいけないの？」

「どうだろう……。あの家、土地も手放さなければならなくなるかも。高額の相続税や固定資産税の支払いも、我妻社長の援助なしではこの先……」

「でも生理的に受けつけない人と結婚なんてしたら地獄よ？　名雪流の存続を優先するのもわかるけど」

「今は京極さんに心が残っているから、我妻社長に触れられるとそんなふうに思っちゃうのかもしれない。京極さんも結婚するんだし、これできっぱりあきらめられるよ。侑奈、聞いてくれてありがとう」

彼女は強がる私を複雑な表情で見つめてから「紗世〜」ともう一度抱きしめる。

「ごめん、なにもできなくて」

「ううん。聞いてくれる侑奈がいてくれて、本当に助かっているの。さっきは気持ちが押しつぶされそうな感覚になって、侑奈の顔しか思い浮かばなかった」

彼女が大阪へ行ってしまったら寂しい。

「よかった……。話だけはちゃんと聞くから。変なアドバイスしかしてないけどさ」

侑奈がへへっと笑う。

「たしかに、京極さんを誘惑するとき、清水(きよみず)の舞台から飛び降りるくらいの気持ちだった」

「もー、やっとバージン喪失。どんなふうに誘惑したのか気になるわ」

そこでインターホンが鳴り、デリバリーが到着した。

玄関で受け取り、ローテーブルの上にまだ温かい韓国料理が並ぶ。

ヤンニョムチキンやキンパ、チヂミと参鶏湯まである。

侑奈が冷蔵庫に行きかけて振り返る。

「ビール飲む？」

「ううん。明日も仕事だしやめておく。侑奈は飲んで」

「私もいいわ。じゃあウーロン茶で、私の壮行会と紗世のこれからの幸せを願って乾杯しよう！」

侑奈はキッチンへ足を運び、グラスとウーロン茶の二リットルのペットボトルを持ってきた。

ふたりで食べきれないほどの料理だったが、話をしつつ、お箸も動かして平らげ、侑奈と楽しい夜を過ごした。


土曜日の十八時、事務所へ我妻社長が迎えにやって来た。

まだ仕事をしていた工藤さんと挨拶を交わす我妻社長は、光沢のある黒いスーツでおしゃれに決めていた。

「あら？　雨降っていますか？」

工藤さんが我妻社長の肩についている水滴を見て尋ねる。

「ええ。一時間ほど前から降りだしました。小雨です。紗世さん、あいにくの雨ですが、そろそろ出ましょう」

「紗世さん、いってらっしゃい」

「いってきます。戸締まりよろしくお願いします」

グレーのワンピースの上から春コートを羽織り、工藤さんにドアのところまで見送られる。

ウエストの前でリボンを結ぶワンピースで、デザインはかわいいが、明るい色を着る気にはなれなくてこのワンピースを選んだのだ。

二階の事務所を出て、エレベーターに乗るまでもなくいつものように階段へ向かう。

「紗世さん、運動が好きなんですか？」

後から来る我妻社長に聞かれたところで、一階に到着する。

「二階なのでエレベーターに乗るまでもなく、階段の方が早いですから」

ビルのガラスドアの向こうは小雨が降っており、前の道路に我妻社長の車が止まっているのが目に入る。

小走りで車の助手席に乗り込み、我妻社長も運転席に急いで座ると、手でスーツについた水滴を払う。

「これを……」

ハンカチを差し出すと、うれしそうな笑みが向けられ、濡れた手を拭く。

「紗世さん、ありがとう。では、行きましょう」

我妻社長はエンジンをかけ、予約しているというホテルへ走らせた。

日比谷にある外資系五つ星ホテルに到着して、ドアマンに車を預けた我妻社長が私の腰に腕を置いた。

「実はサプライズをしたくて、部屋にディナーの用意をしてもらっているんです」

「え……？　へ、部屋で？」

サプライズって……？

困惑しながら、我妻社長に促されるまま豪華なロビーを進む。エレベーターホールへ向かっているようだ。

部屋に我妻社長と一緒に入りたくない。

「あ、あの。先にレストルームへ行っていいですか？」

「レストルームなら部屋にもありますよ」

「でも……」

用を足すわけではないけれど、まだよく知らない男性とふたりきりの部屋で過ごすのは遠慮したい。どうしたらいいか考えたくて彼から離れようと思ったのだ。

言い淀む私に、我妻社長が取り繕う笑みを浮かべる。

「すみません。私が思いやれず。どうぞ、ここで待っていますから」

「では」

小さく頭を下げて、レストルームのプレートを探して歩を進めた。

どうしよう……。

レストルームの中にあるパウダールームの椅子に座り、目の前の鏡に映る自分を見つめる。

我妻社長はフロントに寄らなかった。前もってチェックインして、サプライズと言っていたからにはなにか用意をしていたのだろう。

サプライズってなに……？

部屋で食事やサプライズというのも気が乗らない理由だ。

まだ気持ちが固まっていないから、部屋で食事するよりもレストランで食べたいと正直に言おう。

鏡の自分にコクッとうなずき、レストルームを出て我妻社長が待つエレベーターホールへ向かう。

六機あるエレベーターの手前の壁寄りに花瓶が置かれた調度品があり、彼はその隣に立っていた。

私の姿に気づき、彼は笑顔になった。

「お待たせしました。あの、部屋で食事するのは……レストランにしたいのですが」

「それでは私の計画が台なしになります。行きましょう。悪いようにはしません」

悪いようにしませんって？

「で、でも！」

我妻社長の腕が肩に回り強引に向きを変えさせられようとしたとき、数メートル離れた先に、驚くことに京極さんがいた。

京極さんは眉根をぎゅっと寄せて、颯爽と近づいてきた。

「紗世、どうした？　大丈夫か？」

探るような鋭い視線で、心臓が痛いくらい跳ねる。

「大丈夫です！　なんでもないです。わ……克己さん、行きましょう」

こんな偶然があるなんてっ。不貞をしたから神様が怒っているんだ。

急いでエレベーターの方へ行こうと、我妻社長を促す。

「紗世さん、お知り合いでは？」

「亡くなった兄の友人なんです。京極さん、失礼します」

我妻社長に京極さんの説明をしてから、怒りを抑えているような彼に頭を下げて離れ、ちょうど開いたエレベーターの中に乗り込んだ。

扉が閉まってから、我妻社長が苦笑いを浮かべる。

「なんか気まずかったですね。彼はすごい美形だなぁ」

「すみません……」

部屋へ行くつもりはなかったのに、成り行きでエレベーターに乗ってしまい、どうしようかと狼狽しだす。

「レストラン――」

レストランにしたいと口を開いたとき、エレベーターが十五階で止まった。

「着きましたよ」

肩を抱く我妻社長の手に若干力が入り、廊下へ下ろされた。

部屋へ行ったからって、体を求められると決まったわけじゃない。

口もとを引きしめて進まされるままに歩き、部屋に入室した。

広さのある部屋には花が至るところに飾られて、テーブルにはふたり分のカトラリーが用意されていた。

驚くことに、床には白いバラの花びらで大きくハート形が象(かたど)られている。

これは……？

「コートを脱ぎませんか？」

「え？　は、はい」

ぼうぜんとなりながら脱ぎ、コートを引き取った我妻社長はソファの背に丁寧に置いて戻ってくる。

そして突として、私の目の前に我妻社長が片膝を立ててしゃがみ、小さな箱を差し出した。

ふたを開け、彼は真剣な表情で私を見つめる。

「名雪紗世さん、私と結婚してください」

サプライズって、プロポーズだったんだ……。

「わ、私は……」

まだ決心まで至っていないのに、エンゲージリングは受け取れない。ううん。受け取りたくないのだ。

「紗世さん、お母さんや名雪流のことを考えてください。私と結婚すればうまくいくんですよ」

「……わかっています。でも、もう少しお互いを知ってからにしたいんです」

見上げる我妻社長の目つきがきつくなる。そして、上体を起こして立ち上がった。

「紗世さん、私はあなたを妻にしたい。綺麗な妻で、次期名雪流家元。あなたと結婚することで、Wファクトリーフローランスは業界で他の追随を許さない会社になるでしょう」

「考える時間が欲しいと言っているんです」

「考える間もなく私が教えているんですよ。私が夫になればわが社をうしろ盾に、これから名雪流はさらに大きくなります。華道展だって、私にはなんでもないことです」

私は箱の隅に追いやられていくネズミみたいだ。

じりっとにじり寄られ、一歩下がる。

「私を知ってもらえれば好きになっていただけますよ」

「わ……たしを知って……？」

近づく我妻社長が怖い。

「そうです。私に抱かれれば、好きになってもらえる。たっぷり愛しますよ」

背筋の寒気どころか脚が震えだすが、強い姿勢を保とうと必死に度胸をかき集める。

「や、やめてください。時間が欲しいんです！」

口では強気だが、脚は我妻社長が近づくほど後退する。その脚がソファのアームのところにあたり、あっ！と思ったときには仰向けに倒れていた。

急いで起き上がろうとするも、我妻社長が私の体に覆いかぶさった。私の両手を手で拘束した彼は唇を接近させる。

ぞわっとして一心不乱に背けた頬に、生暖かい感触が触れた。

「無理強いしないでっ！」

脚をバタバタさせてどうにか彼から逃れようとする。

「愛し合えば私を理解してもらえます」

「嫌っ！　放してっ！」

必死に我妻社長から逃れようと全身を動かす。強い力に抵抗しているうちに、疲弊していき、力が出なくなっていく。

これではレイプだ……。

首筋から顎、喉もとを我妻社長の唇で舐められ、金縛りに遭ったみたいに身動きできなくなった。

ひどい……。絶対に好きにならないし、結婚しない！

下唇を噛んで気持ち悪い感触にこらえる。

「そんなに唇を噛んだらキスができないじゃないか」

そう言って、唇の端から舌を無理やり入れてこじ開けようとした。手はワンピースの裾に入り込み、太ももをなでる。

嫌で仕方ない。ぎゅっと目をつぶったとき、室内にチャイムが響いた。ハッとなって、助かるかもと頭をよぎる。

しかし我妻社長は無視をするようで、私を押さえつける手は緩まない。

もう一度チャイムが鳴る。

「あ……そうか。食事が運ばれてきたようです。食べてから続きをしましょう」

平然と我妻社長は私から離れて立ち上がる。

「起き上がってください。みっともないですから」

何事もなかったかのように我妻社長は言ってドアに向かい、即座にソファから立つ。

私が逃げないとでも思っているの？　どうかしてる。

ルームサービスのスタッフがワゴンを押して入室してきた。

我妻社長はスタッフがテーブルに料理を並べている間、私が逃げられないようにか、ドアのところに立っている。

この機会を逃したら、もうチャンスはないかもしれない。

料理を並べ終えたスタッフはワゴンを押してドアに向かう。

我妻社長はスタッフのためにドアを開けた。次の瞬間、コートとバッグを抱えた私はスタッフを押しのけて廊下に出て、エレベーターホールに向かった。

我妻社長が私を呼ぶ声がするが、止まるわけがない。エレベーターを呼ぶボタンを六カ所夢中で押して、今来た部屋の方をびくびくしながら確認する。

彼の姿はなく胸をなで下ろしたとき、エレベーターの扉が開き、脱兎のごとく乗り込んだ。

エレベーターの扉が閉まり、無事に我妻社長から逃れられたと安堵し、暴れる心臓に胸をあてた。

なんてひどい男っ！

私を追いかけなかったのは、スタッフがいた手前、体裁が悪いと考えたのだろう。

しかし一階ロビーにエレベーターが到着してもまだ安堵はできない。降りたところに立っていそうで不安で仕方ない。

おそるおそるエレベーターから出て、お客様やスタッフの姿しかないことに愁眉を開く。

全身はまだ震えが止まらない。

手に持っていたコートを震える手で羽織り、ロビーを突っきろうとしたとき、横のラウンジに座る京極さんが目に入った。

どこにいても目立つ人だ。

京極さんの対面にはスーツを着た外国人がいて話をしている。

こんなときでも京極さんをずっと見ていたいと思ってしまうが、今にも我妻社長が追いかけてきそうで恐怖を感じている。

だからって京極さんに助けなんて求められない。

ホテルを早歩きで後にして、出たところにある地下鉄に向かう階段を下りる。

電車に乗ってようやくひと息つけたが、家の前で待ちぶせされていたらと思ったらまた恐怖が蘇ってきた。

スマホがさっきから着信を知らせて振動している。我妻社長だろう。

画面に表示される名前さえも見たくなくて、バッグからスマホを出さずに放置する。

世の中にあんなひどい男がいたなんて驚愕しかない。

母には申し訳ないが、我妻社長と結婚はできない。絶対に。

最寄り駅に着いて改札を抜けてみると、先ほどより雨が強く降っていた。ショックで心が冷えきって、雨に打たれても気にならない。

駅前のコンビニでビニール傘を買うこともできたが、その前を素通りして自宅へ向かった。

神経を尖らせて辺りへ視線を巡らせたが、通り道や家の近辺に我妻社長の車はなく、緊張からようやく解放される。

通用門の鍵を開けて入り、玄関へ歩を進める。

びしょ濡れのコートを脱いでいるところへ母がやって来て、私の姿を見て胸に手をあてて驚いた。

「紗世！　びっくりさせないで。びしょびしょじゃない」

母はいったん私の前から去り、タオルを持って戻ってきた。

「いったいどうしたの？　まだ七時半前よ？　食事は？　我妻社長と会わなかったの？」

質問攻めの母からタオルを受け取り、頭から顔、服や足などを拭いていく。

「お母さん、ごめんなさい。我妻社長と結婚なんて無理だから」

こらえていた気持ちを吐露する。

「なにを言ってるの？　なにがあったの？」

水が落ちない程度に拭き終えてリビングに入る。

「ホテルの部屋に連れていかれてプロポーズされたわ」

「まあ、おめでとう」

そう言いながらも、ホッとしたけれど娘に悪いというような複雑な表情だ。

「おめでとうじゃないわ。まだ結婚の気持ちにならないから時間が欲しいって言ったの。そしたら、いきなり襲ってきて」

「襲われた……？」

ポカンとなる母に、娘がそう言っているのになぜ怒りを見せないのかと腹が立ってきた。

「あの人の言葉を言うなんておぞましいから口にできないけど、自分を知れば結婚する気になるって」

「そう……我妻社長は気が急いちゃったのね」

「気が急いちゃったのねって、ひどいわ！　私だって、名雪流のため、お母さんのために結婚を決めたわ。でも、どうしてもあの人を生理的に好きになれない。だから時間が欲しいって言ったの！」

怒りを母にぶつけた。

「でも……時間がかかったら、うちはつぶれてしまうわ」

「お金目あての結婚だから愛がなくてもいいって言ってるの？　私は嫌々抱かれなくてはいけないの？」

ぎゅうっと眉根を寄せる。興奮と濡れたせいなのか、頭痛がしてきた。

「よく考えてほしいのよ」

「ごめんなさい。お風呂に入ってくる」

まだ話したそうな母から離れて自室へ行き、着替えを持ってお風呂場で服を脱ぐ。

湯船に入るまで無我夢中だった。

温かい湯船で、ホッと息を吐く。

母がなんと言おうと、我妻社長とは結婚できない。彼は無理やり体を奪って自分の
言いなりにさせようとした卑劣な男だ。

京極さん……。

美しく神々しいとさえ感じた、京極さんとの一夜とは大違い。

逃げられなかったらどうなっていたことか。吐き気が込み上げるほどのシーンが蘇り、湯船から乱暴に出る。いやらしい唇に触れられた箇所を赤くなるまでゴシゴシ洗い、必死に気持ちを落ち着けようとした。

五、愛の懐胎

あの夜から一カ月が経った。

我妻社長は翌日に花束と菓子折り、そして信じられないことにエンゲージリングを持ってやって来たが、私は頑として会わなかった。

レイプをしようとしたのに平然と訪ねてくるなんてと、心中穏やかでない。

我妻社長が帰った後、母が『我妻さんはちょっと気持ちが焦りすぎたんじゃないかしら』と擁護するのを聞いたら、胃の中の物がせり上がってきた。

母と話していると、自分が悪いのではないかと思いそうになってくる。

侑奈に相談したかったが、彼女は大阪へ行ってしまった。今は新天地で仕事をがんばっているだろう。

彼女は加茂君と同棲している。好きな人と一緒に暮らせてうらやましい。

私もこの家から出られたら……と何度も考えた。けれど、母のことを考えて二の足を踏んでいる。

孤独感に襲われる毎日を過ごし、ただ機械的に業務やお稽古をこなしていた。

母とは仕事以外では口をきかない日々が続き、気候は春うららかな気候になったというのに、家の中には気まずい空気が漂っていた。

精神が参っているせいで食欲もなく、胃の調子がおかしい。母のように胃潰瘍になってしまったのかも。熱っぽいし、すぐに疲れる。

四月の下旬、勤務を終えて事務所から戻ると、母が仕事をしながら私の帰りを待っていた。

「おかえりなさい。今日も我妻社長がいらしたわ。いい加減に会ったらどう？」

我妻社長は頻繁にスマホや事務所に電話をかけてくる。あのことがあった後、一週間は帰宅途中、毎日家の前に車を止めて待ちぶせしていた。

これでは母公認のストーカーみたいだ。

今は一週間に一度程度になり胸をなで下ろしていたところだけれど、母にあの男のことを言われると、即自分の部屋へ逃げたくなる。

「結婚はできないって言ったわ」

「名雪流の存続をあきらめた方がいいのかしらね」

「お母さん、ごめんなさい……」

ふいに吐き気が込み上げ、手で口を押さえながらトイレに駆け込む。

「紗世？」

あまり食べていないから吐き出せなくて、しばらくトイレにこもる。

病院へ行って検査してもらった方がいいかも……。母と同じで胃にきているのかもしれない。

トイレから出て洗面所で口の中をすすぎ、キッチンへ入った途端、においが鼻について吐き気が戻ってくる。

親子丼の具を温めていた母が手を止めた。

「大丈夫？　食べられる？」

「親子丼はちょっと……」

キッチンを見回すと食パンが目についた。これなら食べられるかな……。

胃に入れないよりはいいだろう。

母の背後で、食パンをトースターの中へ入れてつまみを回す。

「明日、病院へ行きましょうね」

「病院へはひとりで行けるから。事務所の近くの病院にするわ」

ぎくしゃくした空気が流れているのに、一緒にいられない。

「我妻社長と結婚を決めたら、気持ちが吹っきれて胃の不調もよくなると思うわ」

母の思考回路はどうなっているのか。あきらめない理由は、名雪流がかかっているのもあるが、お嬢様育ちもあるのかもしれない。

「私はそうは思わない」

「お母さんもお父さんのアプローチがすごくて結婚したの」

その話は事あるごとに何度も聞いている。

だけど、お父さんは浮気をして出ていった。両親の結婚は私の理想じゃない。

ふたりはお見合い結婚だった。だから母は自分の結婚のときと比べていて、私の考えが甘いと思っているのだろう。

トースターが音を鳴らしてパンが焼けたのを知らせ、冷蔵庫から牛乳をコップに注ぎ、ふたつを持ってテーブルに着いた。

母も炊き立てのお米の上に親子丼の具をのせ、味噌汁と香の物を運んで対面に座る。

「いただきます」

トーストをかじる。咀嚼して飲み込むと、胃が落ち着いてくる気がした。

よかった……。

「……紗世」

料理を前にまだお箸を持たない母は、神妙な面持ちだ。

「家の方の税金の支払いが滞っているの」

名雪流のこの先の経営が危機的なのはよくわかっているが、それと家の税金の支払いは別物だ。ただ、今回の展示会キャンセル騒動の影響で名雪流によくないイメージがついてしまい、母や私が教える生徒さんが減ってしまっていた。

今回の詐欺の件でこちらも生活資金はかつかつだ。

「このままでは先祖代々から住んでいるここを売らなければならなくなるわ」

母の続けての告白に、声も出せなかった。


翌日の午後、事務所近くの総合病院へ行き内科の受付を済ませた。

問診票を書き込み、尿検査をしてソファに座り待っていると、看護師に呼ばれる。

「名雪さん、胃の不調と書かれていますが、内科ではなく産婦人科へ行ってください。書類を回しておきます」

ええっ……⁉　産婦人科？

「私が……まさか妊娠を……？」

ぼうぜんとなる私に、中堅の看護師は困ったような表情になる。

「尿検査では妊娠の可能性がありました。産婦人科はロビーに出て右の廊下を進んでください。奥にあります」

看護師は書類を持って診察室に引っ込み、残された私は頭の中が混乱してその場から動けない。

京極さんの……赤ちゃんが……？

でもまだ妊娠しているかわからない。とりあえず検査しなきゃ。

看護師に教わった通り、ロビーに出て右の廊下の先の産婦人科へ向かった。


一時間後、会計を待つ私は混迷しており、握った手のひらは汗をかいている。

体調の悪さ、吐き気は胃炎や胃潰瘍が原因ではなかったなんて……。

私のおなかの中に京極さんの赤ちゃんが育ち始めていたという事実に、激しく動揺していた。

どうしよう……。

さまざまな問題を抱えている上に、あの一夜で芽生えた命。

京極さんの顔が浮かび、頭を左右にプルプル振る。

彼には妻になる人がいるのだ。知らせられるわけがない。よく考えなければ。

会計で名前を呼ばれて支払いを済ませ総合病院の外へ出たが、こんな気持ちのままでは事務所に戻れない。

途中のコーヒーショップに立ち寄り、カウンターで注文する際、困惑した。

普段はミルクティーやカフェラテを飲んでいる。でも妊婦は……？　カフェインはよくないと、先ほどの産婦人科医が言っていた。

カウンターに置かれているメニュー表へ視線をすべらせて、ミルク以外わからずホットミルクを頼む。

隣のカウンターでホットミルクを受け取り、隅のふたり掛けのテーブルに座った。

今、私の頭の中を占めているのは京極さんと赤ちゃんのことだ。

京極さんと小玉さんの記事を見ないようにしていたので、ふたりが結婚を発表したのかはわからない。

結婚の日が決まっていたらと思うと怖くて検索していなかったが、覚悟を決めた。

バッグからスマホを取り出し、〝小玉奈緒美〟と打って検索する。

一番上に出てきた記事をタップする。

【四月から海外赴任中の婚約者に会いにロスへ飛ぶ】

海外赴任中って、京極さんのこと？

詳しくは書かれていなかったが、婚約者といったら京極さんしかいない。

本当にロスへ転勤してしまったのか知りたいが、本人に電話をかける勇気はない。

本社に電話をして聞いても教えてくれないだろう。

コーヒーショップを出て、スマホの電話帳から京極さんの実家の番号を画面に出す。

ロスへ行ってしまっているのか、確認するだけ……。

京極さんの実家へ電話をかけた。

京極家は以前我が家の近くに住んでいたし、兄たちの学校が一緒だったので彼の母親とも一年に一度はランチをする仲だった。兄が亡くなり最近ではとくに交流はなかったが、もうすぐ兄の命日で、私が電話をかけてもおかしいとは思われないだろう。

呼び出ししている間、鼓動が激しく打つ。

《もしもし？》

聞き覚えのあるおば様の声に、必死に冷静さをかき集め名乗る。

「ご無沙汰しております。名雪紗世です」

《あら！　紗世ちゃん、お久しぶりだこと。本当にすっかりご無沙汰をしていたわ》

「いえ、私の方こそ。あの、一樹さんは……」

私と京極さんが年に数回会っていたと、おば様が知っているかはわからない。

《一樹は四月からロスへ赴任中なのよ》

やっぱり、京極さんがロスに……。

《紗世ちゃん、一樹になにか用だった？》

「あ、いいえ。兄の命日が近かったので……」

《慎一君の……そうだったわね。日本にいなくてごめんなさいね。お母様はお元気？》

「はい。元気にしております。あの、では失礼します」

おば様の返事を待たずに挨拶をして通話を切った。

京極さんはロスに赴任……。でも、日本にいたからってどうにもならない。もう二度と会わないと誓ったのに、確認する私がばかだった……。

忙しい小玉さんが京極さんに会いにロスを訪れるってことは、本当に熱愛中だからだろう。

赤ちゃん……どうしよう……。

帰社すると、工藤さんが慌てた様子で椅子から立ち上がり、私に心配そうな顔を向ける。

奥の応接スペースから母と男性の声が聞こえてきた。

「おかえりなさい。数分前に家元と我妻社長がいらしたの。紗世さんにメールを送ったのだけど見ていないわよね……」

工藤さんには我妻社長からひどい扱いを受けたことを話していたので、前もって知らせようとしてくれていたらしい。

「すみません。ありがとうございます」

パーティションの向こうから笑い声がする。

おなかの中に赤ちゃんがいると知ったばかりで、一番会いたくない人が事務所にいるなんて、胃ではなく胸がムカムカしてくる。

「工藤さん、ごめんなさい。あとお願いします」

クルッと向きを変え、事務所のドアへ向かおうとしたとき「紗世、戻ってきたの?」とパーティションの向こうから母の声がした。

脚が止まり、大きくため息をつき振り返る。自分の席にバッグを置いて、気が進まないながらも応接スペースへ行く。

「おかえりなさい。お医者様はなんとおっしゃっていたの?」

「我妻社長、なぜいらっしゃるんですか?」

母の質問をあえて無視して、不機嫌な顔でソファに座る我妻社長へ尋ねる。

「紗世、失礼よ。すみません」

「いえ、いいんです。まだ許してもらえていないようです」

「許される行為ではないです。いい加減あきらめてください」

きっぱり言い放つと、母が焦った様子でソファから立ち上がる。

「紗世、とにかく座りなさい」

たしなめられて、仕方なくソファに着座する。

「体調が悪いと聞いて、プリンを買ってきたんですよ。表参道で今人気のパティスリーです」

「我妻社長は援助をしに来てくださったのよ」

母は小さな声で淡々とつぶやき、目をふせる。

「え？」

テーブルの上をよく見れば小切手があった。

「お母さんっ、私は結婚しないわ！　我妻社長、援助はいりません」

小切手を掴むと腰を上げて、彼の膝につき返す。

「紗世さん。受け取ってください。あなたには私の妻になる道しかないんです」

再びテーブルの上に小切手を置かれる。

「勝手に決めないでっ！　私は人形じゃなく、意思のある人間です！」

小切手を掴んでビリビリに破く。私の手を母が止めようと押さえた。

「紗世！　なんてことをするの」

「私の胃の不調は……」

一瞬ためらうが、ここで言わないと母は我妻社長に流されるままだ。

「なんなの？　私の胃の不調は？」

「つわりです。おなかに赤ちゃんがいるの」

母も我妻社長も絶句した。

話してしまったのだから、押し通してこの話に決着をつけよう。

「ですから、私は我妻社長の妻になりません」

「さ、紗世？　そんな嘘をつくものじゃありませんよ。誰ともお付き合いなんてしていなかったでしょう？」

我に返った母が妊娠を疑う。

「病院で診てもらったんです。本当のことよ。一度は我妻社長と結婚しようと決めたわ。でも、好きでもない人に抱かれるなんて嫌だったの！　最初は好きな人と結ばれたかった！」

　我妻社長はショックから抜け出せないのか黙っている。

　母のつらい顔は見たくない。けれど、もうはっきりさせなければ。私との結婚を理由に、援助されるわけにはいかないのだ。

「我妻社長、ご理解ください」

「紗世、その方と結婚したいのね？」

　結婚できないとこの場で言えば、母は私に失望してどうなるかわからない。

「そうよ。結婚の約束をしているの」

　突として、我妻社長が両手を握り、ぶるぶる震えながら立ち上がった。

「失礼な女だな！　さんざん俺をコケにしやがって！　お前のようなふしだらな女は我妻家にふさわしくない！　家元、今後いっさいうちは手を引きますよ」

　激高した手で暴力を振るわれるかと思ったが、我妻社長は捨てゼリフを吐き、パーティションを蹴飛ばしてドアを乱暴に開け出ていった。

　激怒した顔は恐ろしく、もしも夫婦になっていたらと思うとブルッと震えが走る。

「家元！　紗世さん！　大丈夫でしたか⁉」

　不安な顔の工藤さんが私たちのもとへやって来る。

「工藤さん……。怖い思いをさせてしまいすみません」

「いいえ……」

また戻ってきたら……と考え、ソファでぼうぜんとなっている母へ視線を向けてから、ドアへ行き鍵をかける。

ソファへ戻っても、母はぼうぜんとした状態で身動きひとつしない。

「お母さん、わかったでしょう？　あれがあの人の本性よ」

怒らせたのは私だけれど、あれほどまでの怒りをあらわにされるとは思ってもみなかった。

『今後いっさいうちは手を引きますよ』

最後の捨てゼリフも気になる。

「工藤さん、家元にお水をお願いします」

ショックを受けている母のために水を頼み、先ほどまであの男が座っていた席に腰を下ろす。

「あの場では赤ちゃんのパパと結婚すると言ったけれど、本当は違うの。相手には知らせないで、ひとりで育てるつもり」

「紗世、それがどんなに大変なことだかわかっているの？」

そう言って、母は工藤さんが持ってきてくれたお水をひと口飲む。

「私の浅はかな考えから妊娠をしてしまったけれど、あの男と結婚する前に好きな人に抱いてほしかったの」

妊娠が発覚してしまったのだ。京極さんの名前だけは絶対に言えないけれど、自分の思いつめていた気持ちを吐露し、なんとか母に理解してほしかった。

「紗世……」

母は私を見つめたままなにも言ってくれなかった。

帰宅するまで私もそうだが、母も口を開かなかった。

精神を参らせてしまったのだろうかと心配だが、そのまま自室へこもってしまった母にかける言葉がなかった。

私の妊娠は、あの男と結婚しないよりもショックを受けたはず。

お金を工面するのは金融機関しかない。でもそれは付け焼刃的なもので、なにか新たな収入源を考えなければ負債は増えていく一方になる。

あの男は、名雪流にお得意様価格で卸していた花材までも売らないつもりだろう。

『今後いっさいうちは手を引きますよ』

卑劣な声が蘇り背筋が寒くなるが、もうわずらわされなくて済むのだと思うと肩の荷が下りた感覚だ。

食欲はなく、母だけでも食べてもらおうとチャーハンとかきたまスープを作り、ドアを隔てて声をかけた。でも返事をしてくれず「キッチンにあるからおなか空いたら食べてね」と伝えてそこを離れた。

キッチンで昨日と同じくトーストを焼き、牛乳を温めて食べ始める。

病院で妊娠を告げられたときは正直困惑したけれど、今はこの子が私の肉親になると思うと幸せな気持ちになる。

京極さん、ごめんなさい。私は産んで大事にあなたの子どもを育てたい。

今の状態では将来も苦労させてしまうかもと不安に駆られる。

でもすでに私の最大の愛が、芽生えた命に注がれている。この小さな命をあきらめるなんて絶対にできない。

父親のことはこの子が本当に知りたいと言うまでは知らせず、できれば墓場まで持っていくつもりだ。

妊娠八週目。出産予定日は十二月三日と言われたので、今年の終わりには赤ちゃんと対面できる。そう思うとうれしくて、まだ平らな腹部に両手をあてた。

翌朝、キッチンでは母が朝食を作っていた。まだ当分料理をする気持ちにはなれないだろうと思っていたので驚いた。

「お母さん、おはよう」

「おはよう。話があるの。朝食を食べながら話しましょう。つわりはどうなの？」

「今朝は大丈夫」

母は目玉焼きとウインナー、コーンスープを用意していた。

自分で冷蔵庫から牛乳を出して温め、できあがった料理をテーブルへ運ぶ母に続く。

「いただきます」

両手を合わせてコーンスープを口にする。いつものようにおいしい。母も同じくスプーンで飲んでいる。

「紗世……本当に赤ちゃんがいるの？　あの場で断るために嘘をついたんじゃないの？」

「お母さん、本当よ。妊娠八週目、明日から九週目に入るの。なにがなんでも産みます。私、家を出るつもりよ」

出した結論は、たとえ貧乏生活になろうとも家を出て出産するということ。

産後は保育園へ預けて細々と暮らす。考えが甘いかもしれないけれど、母の望みのすべてを壊してしまったのだ。私の顔も見たくないはず。

「家を出る？　赤ちゃんを抱えてひとりで生活できるわけないわ」

「この子のためならどんな苦労もいとわない」

「紗世……すべては私のせいだわ。すまなかったわ」

ふいに謝られて驚きを隠せず、ポカンと口を開けて母を見つめる。

「名雪流の看板を下ろすことに決めたの。ここも売って心機一転生活を始めましょう」

「お母さんっ、そんなこと！　本気で言っているの？」

母の目を正面からまっすぐ見ると、赤いし腫れている気がする。ひと晩中考えたのだろう。

本当にここを売るだなんて……。

「ええ。都内でこれだけ広い土地の固定資産税は収入以上よ。今回お金を工面して支払えたとしても、借金が増えるだけ。まさに焼け石に水。実はここ数年、銀行から借り入れていたの。取引先の銀行はもう貸してくれないわ」

銀行から借り入れていたのは初耳だった。

「で、でも、先祖代々からのここを手放すなんて」

「紗世、お母さん疲れちゃったのよ。ご先祖様はわかってくれるわ。小さな一軒家かマンションでも買って三人で暮らしましょう」

「三人……赤ちゃんのことを許してくれるの？」

母は微笑んでコクッとうなずく。

「そもそも私のせいだわ。あなたの気持ちを考える余裕がなかった私がいけないの。生まれてくる赤ちゃんが楽しみだわ」

「お母さん……ありがとう」

「話は終わりよ。ほら、食べないと。すっかり冷めちゃったわね。今日から忙しいわよ。紗世は体調を考えながらね」

この二カ月ちょっとの気まずい関係がもと通りになり、食卓がやわらかい空気に包まれた。


その日から仕事や住居、土地の売却、これから自分たちが住む家探しなどの打ち合わせで遅くまで事務所で仕事をした。

看板を下ろすことに決めた母だが、生徒が減る中でも残っていた人たちは習い続けたいと言ってくれて、区のカルチャーセンターなどを借りて続けることになった。存続を熱望する師範たちからの後押しもあり、どうにか名雪流の名は残せそうだ。

我妻社長のWファクトリーフローランスはうちとの契約を一方的に打ちきり、別の花屋へ依頼することになった。以前はすべての花材を一社から仕入れることでかなり安くしてもらっていたので、材料費が高くなってしまったのはどうしようもない。

そもそも母が華道展を開こうと思ったのは、生徒を増やすためだった。名雪流を世の中に広く浸透させ、家元として業界での仕事が多くなれば起死回生を図れるのではないかと模索したのだった。

代々から受け継いだ自宅を売却することとなり母は心底落ち込んでいると思うが、私の前では普段通りで、むしろ明るくなったように見える。

名雪家の家長として今までかなりの重責を背負ってきた母は、肩の荷が下りたのかもしれない。

私はというと、日々の忙しさの中、妊娠初期の四週間に一度の通院に首を長くしていた。尿や血圧測定などの基本検査や血液検査、そのほかの出産に関しての検査などもあり、超音波検査に至っては赤ちゃんの様子が見られるのがうれしくて前日から楽しみで仕方なかった。

つわりは軽いようで、五月の半ば十一週に入った頃からほとんど治まり、食欲が出てきて困るほどだ。

五月十八日は兄の命日。

母と近所にある菩提寺へお墓参りを済ませて帰宅した。

ハーブティーを淹れているとインターホンが鳴り、対応した母が白ユリと菊の対の花束を抱えて戻ってきた。

「一樹さんからだわ。さっそく生けないと」

母は微笑みを浮かべ、テーブルの上に花束を置く。

京極さんの名前が母の口から出てドキッと心臓が跳ねた。

「もう五年も欠かさずにいただいているわ。ご実家宛にお礼状を出しているんだけど、今後のお気遣いはご無用ですと書かないとね。紗世はお会いする約束はないんでしょう？」

「え？　う、うん。ないわ」

京極さんがロスへ転勤していることも伝えない方がいいだろう。なにかの折に赤ちゃんの父親が彼だとバレたら大変だ。

海外赴任中の忙しい身なのに、親友の命日を忘れない京極さんに心の中で感謝する。

「花瓶を出してくるわね。えっと、仏壇の下だったわ」

母がその場を去って、花瓶を持って戻ってくる間に暴れる鼓動を鎮めようと、ソファに座ってハーブティーを飲んだ。

徐々におなかもふくらみ始め、六月中旬から五カ月に入った。

戌の日に母と水天宮（すいてんぐう）へ行き、安産祈願をしてきた。参拝している夫婦も多く、隣に京極さんがいたらどんなにうれしかっただろうと寂しい気持ちに襲われた。

そのとき、おなかが内側から小さくポコンと蹴られた気がして立ち止まる。

「どうしたの？」

隣にいた母が二歩先に進んでから振り返る。

「今、胎動を感じたの」

「まあ！　元気だよって言ってくれているみたいね」

そうよ。この子がいる。寂しがらなくてもいい。

「お母さん、人形焼き買って帰ろう？」

この子が私と母の関係をよくしてくれているみたいに思う。

「そうしましょう。あそこの人形焼きはおいしくて有名だから」

母に満面の笑みを向けられ、私も微笑んだ。

うちを買いたいと大手不動産会社が名乗りを上げ、そこと土地の売却話を進めた。

通常は更地にして買い取られるとのことで、現在建物が立っているため手数料などでかなりの金額を差し引かれ、ようやく売買契約が整った。

引っ越し先には、今のところから少し離れた文京区の閑静な住宅街にある中古マンションを購入した。最寄り駅は御茶ノ水で、立地と交通の便から選んだ。

間取りは日あたりのいい角部屋の３ＬＤＫで、広さは今住んでいる家の四分の一ほどになるが充分暮らせる。

スーパーは近いし、通っている総合病院へも徒歩十五分と便利だ。

引っ越しは妊娠六カ月の八月上旬を予定している。

現在の家の荷物の処分をするには、それでも時間が足りないほどだった。おなかが大きくなってきているので、手伝うのもほどほどにと母から注意されている。頼りになるのは工藤さんで、彼女が頻繁に手伝いに来てくれていた。

引っ越し前夜、私と母は一つひとつの部屋を回って思い出話に花を咲かせた。母にしてみたら、私よりも長くここに住み、感傷的になるのも無理はない。

「あなたが幼稚園の頃、お着物が嫌でしょうがなくてね。母が駄菓子屋さんに連れていくからと言ってなだめたのよ」

「なんとなく覚えてる」

「紗世と慎一が着ていた七五三のお着物は処分できなかったわ。おなかの赤ちゃんが男の子でも女の子でも着られるようにね。いいものだから」

「うん。着せるのが楽しみよ。私のように嫌がったら、お母さんがなだめてね」

「ええ。明日は早いわ。もう寝なさい。お母さんは準備を少しして寝るから」

「おやすみなさい」

母のもとを離れ部屋を出ると、二階の自室へ向かった。

翌日の夕方、新しい住まいに段ボール箱がところ狭しと積まれているのを見て、早く片づけなければと思うのに、立ちっぱなしのせいもありおなかが張っていた。

家具などは新しいものにして、使っていた家具はすべて木製なので家の解体のときに壊されることになっている。

「ふぅ〜、暑かったわね。紗世、少し休みなさい。夕食はデリバリーのものでいいかしら？」

「もちろんよ。食材もないし。ピザが食べたいかな。お母さんはどう？」

十日前にようやく梅雨が明けて、真夏の暑さにもかかわらず食欲が落ちずにいる。体重増加をしないように気をつけているが、今日はたくさん動いたしピザを食べてもいいはず。

「私もピザがいいと思ったの。好きな具で頼んでおくわね。あ、スーパーへも行って来るわ。休んでいなさいね」

母は財布を入れたバッグを持って出ていき、キッチンだけでも片づけることにした。

中古マンションとはいえ、築年数は五年。リフォームもされているので古い家から来た私が見たら新築のようだ。

キッチンはカウンター仕様で、なにもかも目新しく、うきうきしてくる。

お母さんもそうだといいな。住み慣れた家を離れ、つらいに違いないけれど。

六畳の和室に仏壇を置き、隣の八畳の洋室が母の部屋になる。私の部屋は玄関を入って右手にあり、同じく八畳。ベッドを置いても余裕があり、赤ちゃん用のベビーベッドを隣に置く予定だ。

これから赤ちゃんの物や出産準備品を用意していくのが楽しみだった。

母と一緒に出産に備えて買い物をして、私の部屋に赤ちゃんの物が少しずつ増えていった。

事務所では妊娠九カ月になる日まで働き、あと四週でいつ生まれてもおかしくない時期になっていた。

すでに秋が深まり、風邪をひかないように気をつけながら、働いてくれる母のためにも自分にできる範囲で家事を務めた。

今まで京極さんのことを考えなかった日は一日もないが、無理に小玉さんとのことを知ろうとはしないようにしていた。いつかふたりは結婚するのだ。

私には生まれてくる子どもがいる。性別は教えてもらってはおらず、男の子だったら京極さんのようにかっこよくなってくれたらなと、夢を見ていた。

出産予定日まであと三週間となった十一月。警察から、中山社長と角谷副社長を逮捕したとの連絡が来た。

福岡(ふくおか)にいたふたりは、ほかの詐欺容疑で捕まったとのことだ。

あのふたりのことが頭の片隅にずっとあったので、不安が取り除かれ、なにも憂慮することなく出産にのぞめる気持ちになれた。

六、運命の再会

——二年後。


「ママー」

寒空の下、私に向かって男の子が元気に駆けてくる。

二年前、予定日の二日前の十二月一日に無事男の子を出産した。陣痛は丸一日あって大変だったが、生まれてきた赤ちゃんを見たらひどい痛みさえも忘れてしまった。

名前を結人（ゆいと）と名付け、私と母の愛情を一身に受けて育っている。

あと一週間で二歳になる。

髪の毛や瞳の色素の薄いところは私に似ているが、望み通りに父親似の整った顔立ちで、すでにイケメンの片鱗を見せ始めている。

公園の広場でボール遊びをしていた結人は、私の手を掴みすべり台の方へ引っ張る。

「んー、あっこ」

すべり台を指しながら、引っ張る力は意外と強い。

「もう暗くなってきたから、あと二回だけね」

結人の気の済むまで遊ばせてあげたいが、木枯らしが吹いて今日は一段と寒い。

日課である公園へ行く時間が、今日は仕事が押して遅くなってしまったのだ。

現在私はカルチャーセンターで名雪流の華道を教える傍ら、ホテルや商業施設などから依頼を受け、出張して生け花をする仕事をしていた。

母も家元として活動はしているが、詐欺に遭う前までのような精力さはなく、事務所で雑務をこなす傍ら、師範たちからの相談に乗ったりしている。

以前住んでいた土地を売ったおかげで新しい住まいも買えたし、税金は信じられないほど払ったが、手もとに残ったお金で不自由していない。

母が事務所にいてくれるのならと、私がホテルに出向いて生けたところ評判になり、今では多数の依頼がくるようになった。

結人が小さいので、今のところは忙しくなりすぎないように調整している。

帰宅すると、十七時を回っていた。

「ゆいくん、おててとお口を洗いましょうね」

「うんっ！」

洗面所へ行き、あちこち触った小さな手を石鹸で洗い、うがいをさせる。うがいといっても水を口に入れて出すだけだが、それでもやらないよりはいいし、本人が進んでやることを評価している。

「おりこうさんね。じゃあ、お兄さんのテレビを観ててね。お夕食作っちゃうから」

結人は洗面所を出て、タッタッタとリビングへ行き、リモコンを持って後から来る私を待っている。

リモコンを受け取り電源を入れると、結人の好きな幼児番組のチャンネルを押した。

積み木を手に持ってテレビを観ているのを確認して、キッチンへ行き麦茶をストローマグに注ぎ、結人へ持っていく。

「ゆいくん、飲む？」

声をかけると、結人はひと口飲んでから急いでテレビに戻っていく。

この時間は食事の準備をするということを結人も理解してくれるようになって、成長がうかがえる。それはうれしいが、早く大きくならないでほしい願望もある。

少しずつ、確実に成長していく息子をしっかり見守っていきたい。

彼がテレビを観ている間に、急いで夕飯の支度を進める。メインはオムライスだ。

母の帰宅はたいてい十八時過ぎ。私が外で仕事をしている間、結人を事務所で見ていてくれるのが日課だ。

保育園への通園も考えたが、今は世話する時間が作れているので、このパターンになっていた。

カウンターからリビングへ視線を向けると、結人は立って、テレビの中で踊るお兄さんの真似をしながら体を動かしている。

かわいいっ。

顔を緩めたところへ、カウンターの上に置いたスマホが鳴った。

手を止めて見ると、侑奈からの電話だ。

大阪にいる彼女と加茂君は、来年の春に結婚式を挙げる予定になっている。

出産した翌日、日帰りでお祝いに飛んできてくれた侑奈は、結人の成長を見守ってくれているひとりだ。もちろん加茂君も。

何回かふたりで上京し、加茂君は結人と遊んで、大阪へ帰るとすぐに結人と会いたいと言うほどの子ども好きだ。侑奈にとって新しい発見だと喜んでいた。

通話をタップしてスピーカーで出る。

「侑奈、まだ仕事中じゃないの？」

《そうだけど、今休憩室に来たの。驚きすぎて紗世に電話を。その様子だと知らないわよね？》

興奮気味の侑奈は早口になる。

「知らないわよねって？　なにに驚いたの？　私に関係すること？」

《京極さんよっ》

彼の名前に鼓動がドクンと跳ねた。

「え……？　京極さん？　どういうこと？」

《京極さんと婚約していたはずの小玉奈緒美が、浅野涼太と電撃入籍したのよ！》

「嘘……」

頭の中が整理できず、その言葉しか思いつかない。

《嘘じゃないって！　電話切ったらネットニュース見て！　じゃあ、またね》

通話が切れ、言われた通りネットニュースを開いた途端、小玉奈緒美さんと大人気若手俳優の浅野涼太さんが昨日入籍を済ませたと出ていた。

その記事を読んで、頭の中で目まぐるしく考える。

京極さんは？　どうして？　ふたりは婚約していて、忙しい中ロスへ会いに行くほどじゃなかったの？

スマホを持ったままキッチンを出てテーブルの椅子に腰を下ろし、記事をもう一度読む。

京極さんのことにも触れてあったが、調べによると彼は現在東京在住で、都内の有名ホテル経営の令嬢と交際中だと書かれていた。

小玉さんとの破局を聞いたとき、心が大きく揺れ動いた。京極さんに会いたいと思った。真実をすべて打ち明けたいと。だけど、現在交際中の女性がいる。

やはり私は京極さんと縁がないのだ……。

テレビの前で踊っている結人へ意識を向け無性に悲しくなったが、泣かないように下唇を噛んでこらえた。

五分ほど気持ちを落ち着けてキッチンへ戻り、複雑な気持ちのまま中断していた料理を再開する。

二十分後、玄関が開く音がして、「ばあばぁ～」と呼びながら結人が飛んでいく。

「ただいま。ゆいくん」

母の声が聞こえてすぐ手をつないだふたりが現れた。すぐに結人の注意がテレビに向き、母から離れる。

いつもの自分に戻って母に笑顔を向けた。

「おかえりなさい」

「ただいま。テレビのお兄さんには負けるわね」

夢中で観ている結人に、母が愛おしそうに微笑みを浮かべる。

「そんなことないわ。玄関が開いてすぐに迎えに行ったでしょう？ 夕食すぐにできるわ」

そう言って、オムライス用の卵をボウルの中で割って菜箸でかき混ぜた。

子ども用の椅子に座った結人の前にくまのプレートを置くと、手を叩いて喜ぶ。

なるべく野菜を食べさせたくて、サラダには茹でたブロッコリーやニンジン、スナップエンドウなどを食べやすい大きさにカットして用意した。メインのオムライスは、細かくしたベーコンとニンジン、玉ねぎなどを炒めケチャップで味付けしたご飯の上にふんわりと焼いた卵で包んだ。小さなマグカップの中はブレンダーを利用して豆乳で作ったほうれん草のスープ。大人も同じメニューで量の差だけだ。

食事が終わって少し経ってから結人と一緒にお風呂に入り、彼の寝支度を済ませたらベッドで添い寝をする。

一歳の頃から赤ちゃん用のベッドで寝てくれなくなって、今は私のベッドの壁側で寝かせている。結人の寝顔を見ているといつもは幸せな気分に浸れるのに、今日は京極さんを思い浮かべてしまってつらかった。

しばらくしてからリビングへ行く。キッチンのテーブルでは、母が事務処理の仕事をしていた。

「明日は目黒のホテルよね？」

「うん。ロビーに。クリスマスっぽくしたいと要望があったから、花の発注もそうしたわ」

「紗世はセンスがいいから、きっと先方にも満足していただけるわね」

「だといいけど。生けた後、総支配人に確認してもらうときはいつもドキドキよ。あ、お茶入れるけど飲む？」

「ええ。お願い」

母は工藤さんが出した経費のチェックに戻った。

翌日は土曜日。

結人を母に任せ、朝食を食べ終えた私は自らワゴン車を運転して花屋に寄り、頼んでいた花材を積んで目黒区のホテルへ向かう。和式の結婚式で人気のホテルだ。

結人が生まれてから運転免許を取り、荷物がたくさんのるように白の軽ワゴン車を購入した。

突発で結人が真夜中に熱を出したときも、車があって重宝した。

やっと初心者マークが取れたところだが、運転は好きで、母と結人を乗せてドライブへ行くこともある。

運転しながら、いつの間にか京極さんのことを考えていた。

まだ京極さんが結婚していなかったことを知ったが、現在付き合っている人がいるという。私たちは同じ道を歩いては行けないと、心の整理をしたつもりだった。でも、会いたい気持ちが膨らんで胸を締めつけていた。

約束の十時の十分前にホテルに到着し担当者へ挨拶を済ませてから、車とロビーを二往復して花材を運び準備を始める。

カーキ色のダウンのアウターを脱ぎ、クリーム色のセーターとジーンズの上に黒いエプロンを身につける。足もとは動きやすいようにスニーカーだ。

鮮やかな日本画、浮彫彫刻、落ち着きのある光を放つ螺鈿(らでん)細工の壁などで、画廊のように興味深いロビーだ。時間があればゆっくり見て回りたいといつも思っているが、終わるとすぐに帰るのでまだ叶えられていない。

ロビー中央にある大きなチェストの上に、毎月生け花を生けるという契約をこのホテルとしている。

アンティークの黒檀でできた腰ほどまでの高さのチェストが舞台だ。クリスマス仕様にするため、銀色に塗られた三十センチほどのキャンドルを三本使い、真紅のバラや白塗りの枝、柊にバラの実、かすみ草などで生けていく。

土曜日ということもあり、ロビーにはいつもよりも宿泊や食事のお客様が多く見受けられる。

別室で生けたいところだが、パフォーマンスとしてお客様に見てもらい楽しませたいという理由があるらしい。

私も華道に興味を持ってもらえたらうれしい。

三十分ほどで生け、数歩下がって仕上がりを見直す。

これでよしっ。

総支配人を待つ間、ゴミを拾い集め段ボールの中へ入れる。これは自分で持ち帰り捨てる。

そのとき、楽しそうな女性の声が聞こえ、無意識に振り返り見遣る。

え……。

こんな偶然があるのだろうか。

十メートルほど先で楽しそうに笑う女性の隣にいたのは、京極さんだった。

ほかにもふたりの男女がいる。男性と話をしていた京極さんがふいにこちらへ視線を動かしたので、ハッとして背を向ける。

気づかれなかったよね？

驚きを隠せないところへ総支配人が現れ、ホテル内にあるカフェの蓋つきの紙カップを手渡してくれる。

「名雪さん、お疲れさまでした。カフェラテでもいかがですか？」

「ありがとうございます」

意識は京極さんにあり、心臓が口から出そうなほど鼓動が暴れている。総支配人に笑みを浮かべてひと口飲ませてもらう。

「今回も素敵ですね。見事ですよ。素晴らしい」

総支配人は気に入ってくれたようでホッと安堵するが、なぜか急に呼吸が苦しく感じてカップを置いて喉に手をやる。

咽頭に違和感を覚えて、大きく呼吸をする。痺(しび)れの症状が現れ、アレルギー食材を口にしてしまったのだと気づく。

「あ、あの……レストルームへ」

足もとに置いていたバッグを手にしてその場から離れようとするが、動悸が激しくて体がふらつく。

「どうしましたか？　顔色が悪く――」

バッグが手から離れ、ドサッと床に落ちた。

「紗世！　大丈夫か!?　救急車を呼んでください！」

私の体を支える力強い腕は京極さんだった。

「カフェラテを飲んだら急に」

総支配人が状況を説明している。

「カフェラテ？　それになにか入っていましたか？」

「え……っと、たしかアーモンドが……」

「彼女はアーモンドのアレルギーがあるんです！」

そうだ……私は、アナフィラキシーショックで……。

「バッグの、中に、はぁはぁ……エピペン、が……」

一年前にも気づかずに少量を摂取してしまい、アナフィラキシーショックになったことがあり、それ以来アドレナリンが打てるエピペンを持ち歩いている。

その場に横たわらされ、うっすら開けた目に、京極さんがバッグに入っているエピペンのポーチを手にする様子が映る。

「これか？」

大きくうなずきたいのに、実際は小さい。

京極さんはポーチから太いマジックのようなエピペンを出した。

「それ、を……ここに、打って……」

手を太ももの横にやる。

京極さんはエピペンの安全キャップをはずし、ジーンズの上から私の太ももの前外側へ打った。

エピペンが打たれ安堵したおかげで気持ちに余裕ができて、そばで心配そうに見ている総支配人に安心してもらいたくて小さく笑みを浮かべる。呼吸が少し楽になってきた。

「お騒がせ、して、すみません」

「いいえ。アレルギーがおありとは知らず、こちらこそ申し訳ありませんでした。救急車を呼びましたので。呼吸はどうですか？」

「楽に……」

おそらく少し経てば回復するはずなので救急車は必要なかったが、今さら止められない。それよりも、膝を床につけて見ている京極さんばかりに神経が向けられている。

「紗世、どうだ？」

京極さんがカーキ色のアウターを体に掛けてくれる。

「大丈夫、です。ありがとうございました……」

「一樹さん、その方、大丈夫そうよ。行きましょう」

ハイヒールの音がして、先ほどの女性が私を見下ろす。

「ふたりと先に行っていてくれ」

「そんなぁ」

鼻にかけた甘い声から、彼女の京極さんへの気持ちがわかる。

「京極さん、行って、ください」

「いや、最後まで君の回復を確認する」

か、回復を確認……？

そこへ微かに救急車のサイレンが聞こえてきて、バッグを持った京極さんは私を抱き上げた。

「金山総支配人、彼女は親しい友人です。私が付き添いますから」

女性の刺さるような視線を見られなくて、目をつぶる。

「京極様が。それでは申し訳が立ちません……」

総支配人は、なぜか不満全開の顔をしている女性の方へ視線を向ける。

「まり恵さん、今日はこれで失礼します」

京極さんはそっけない声で告げ、エントランスにつけた救急車へ向かった。


救急車に乗り、バイタルなどを確認されている間に眠ってしまったようだ。

目を覚ましたらいくつか簡易ベッドが並んでいるひとつに寝かされていて、ハッとなる。横にはパイプ椅子に長い脚を組んで座っている京極さんがいた。

「あ……眠ってしまって。ごめんなさいっ」

「二時間くらいだ」

「え？　二時間も⁉」

驚いて体を起こしたとき、医師と看護師が現れバイタルを確認する。

血圧や脈を取られている間も、ずっと京極さんを意識してしまいバイタルが上がってしまわないか気になるが、聴診器を耳からはずした医師にはアナフィラキシーショックのせいではないとわかったのだろう。

「症状が治まりましたから、帰宅してかまいませんよ」

「……ありがとうございました」

医師と看護師が去り、簡易ベッドから降りる私は京極さんに手を差し出されるが、あえて掴まらない。

「ご予定を変更させてしまって申し訳ありませんでした」

冷静な声が出せていればいいのだけど。

「いや、大事に至らずによかった。君は……」

君は……？

自信家の京極さんが珍しく言い淀む。

「会計を済ませてから帰りますので、お先にどうぞ。ありがとうございました。失礼します」

頭を下げて簡易ベッドの反対側へ回り、パイプ椅子の上にあるアウターとバッグを持ったが、京極さんはその場から動いていなかった。

先ほど彼と一緒にいた女性の甘ったるい声を思い出す。

京極さんを無視するべきだ。彼には彼の生活があるもの。

彼に視線を投げかけただけでドアへ向かい、廊下に出て〝受付〟と書かれているプレートを探す。

そのとき、背後から左手首を掴まれる。

「話がある。会計を済ませたら食事をしよう」

「わ、私にはありませんっ」

振りほどこうとしても、京極さんの手が私の左手首から離されることはなく、気づけば会計の前に立たされていた。

会計の事務員に救急車で運ばれた者だと言い、財布から保険証を出して渡す。うしろに京極さんの存在を感じて落ち着かない。

拒絶しても京極さんは聞き入れてくれないだろう。

ホテルへ戻って、驚かせてしまった総支配人に挨拶をして、車で帰らなくては。

腕時計へ目を落とすと、十三時を過ぎている。ロビーには老若男女の姿があり、午後の診察を待っているようだ。

会計が済み再び手首を掴まれて、なぜかエレベーターに乗せられる。

「上にレストランがある」

エレベーターで七階のレストランに入り、席に着かされた。それまで京極さんはずっと黙っていてなにかを考えているようで、身構えてしまう。

なんの話があるというのだろうか。

「おなかが空いたな。なにか食べよう」

メニューを見せられ、サンドイッチのプレートにする。京極さんはもう少しボリュームのあるクラブハウスサンドに。飲み物はホットコーヒーを頼む。

ウエイトレスがいなくなったところで、喉の渇きを感じて置かれた水を口にした。

対面に座る京極さんは微動だにせず、視線がなぜか私の左手に向けられている。

最後にホテルで会ってから、三年近くが経っている。

私は二十五歳で、京極さんも三十二？　十月に誕生日だから。

ほとんど変わっていなくて、あの頃に戻ったみたいな感覚になりそうだ。でも、三年の歳月が流れ、その間に私は母親になり大人になった。

「結婚指輪は？」

「え？　あ！　し、仕事中はしていないんです」

そうだ。私は結婚したことになっているのだった。

今さら結婚をしていないと言えば、京極さんはどう思うだろうか。

「なるほど。では、幸せな結婚生活を送っていたわけか」

なぜか皮肉めいた言い方で、キョトンとなる。

「どうして、そんな言い方をするんですか？」

「嘘をついているからだ」

「嘘……？」

なぜ断定するのか不思議に思い、なにかへまをしてしまったのか考える。

「保険証が名雪だった。それに結婚指輪もしていない。俺には結婚しているとは思えない」

救急車に乗り込んだときに救急救命士に渡した保険証を見られたようだ。名字が変わっていないので、私が未婚だと悟ったんだろう。

「だとしたらどうなんですか？　別に京極さんに迷惑をかけているわけじゃないです」

もうこうなったら開き直るしかない。

「この三年間、俺のことを少しも考えなかったのか？」

「京極さんには小玉さんがいたじゃないですか。考えなかったわけじゃないです。ときどき小玉さんの記事がニュースになっていましたから。ロスに転勤していたことも知っています」

「スマホの番号も変えただろう？　自宅も通じなくなった」

京極さんはこの三年間、もしかして私に会いたいと思ってくれていたのだろうか。

「……いつロスから？」

「一週間前だ。近いうち君の自宅に行こうと思っていた」

「うちに……？　なぜ？」

うちが引っ越しする直前、兄へのお花を今後は断る旨の手紙を母が出したと言うから、私たちが住まいを移したことを彼は知らないだろう。

「紗世の本心が知りたかったからだ」

鋭く見つめる視線を避けるように、手もとの水へ目線を落とす。

そこへ料理が運ばれてきてホッと安堵する。

食べていれば話をしなくて済む。私は卵サンドを口に入れた。

京極さんもクラブハウスサンドを食べ始めた。私に付き添わなければ、あのホテルのレストランのおいしいメニューだっただろうに。

「……あの女性」

「ああ。両親が進めている縁談の相手だ」

縁談の相手……。

一緒にいてあきらかに京極さんへの好意がわかったのだから、彼が了承すれば結婚も間近に思える。

「お、おめでとうございます」

「は？　めでたくなんかない」

京極さんは不機嫌そうに言い放つ。

「奈緒の計画に加担していたせいで、両親に大目玉を食らい、早く結婚しろと命令されているんだ」

え？　奈緒さんって、小玉奈緒美さん？　計画って？

「計画に加担って……？」

「それはここでは話せない。紗世、明日の夕方から時間があるか？」

「ないと言ったら？」

「つくってほしい。話がしたい」

話……？　なにか事情があるように思える。

深入りしてはいけないのに、京極さんから話を聞きたいし、会いたい。

「わかりました。明日、お会いします」

「では、四時に迎えに行く」

迎えに行く……？

京極さんは以前の家に迎えに来るはず。今はマンションが建っている。

とっさに首を左右に振る。

「私が待ち合わせ場所までお伺いします」

「……わかった」

無理強いをせず、彼は銀座のカフェを指定した。


「ただいま」

「ママっ！」

玄関の開く音で、結人が駆けてきた。

「ゆいくん、ただいま～ごめんね。遅くなっちゃった」

勢いよく走ってきた結人の体を抱きしめる。

あれから京極さんとタクシーでホテルに戻った。私は総支配人に会いに行き、京極さんは止めてあった車に乗って去っていった。用事があるみたいだった。

彼と会ったことで、私の心の中はあの頃の恋心が蘇ったようにふわふわしているのは否めない。

明日会って小玉さんとの真相を教えてもらったら、すっきりするはず。黙って子どもを産んだことは京極さんにとって受け入れがたいかもしれない。それだったら、黙っていた方がいい。

私たちはボタンを掛け違え、決して直せるものではなく、そこに深い亀裂が入ってしまったのだ。

「おかえりなさい。遅かったわね」

「生け終わったときに、総支配人が持ってきてくれたカフェラテを飲んだら、それにアーモンドが入っていて、アナフィラキシーショックに」

「まあ！　病院へ行ったの？」

救急車に乗る時点で症状はだいぶ回復していたので、総支配人に、事務所には連絡しないように頼んでいた。なるべく母を驚かせないように話したのだが、やはり心配そうな顔で確認するように私を見る。

「行ってきたから安心して」

「連絡をくれればよかったのに」

「連絡したら心配して来るでしょう？　エピペンを使ったから、念のため病院へ運ばれただけ。もう元気よ」

「そうだけど。とにかく大事に至らなくてよかったわ。疲れたでしょう？　お茶を入れるわ。座っていなさい」

素直にソファに座る。私と母の会話を足もとで聞いていた結人がすぐ隣に座った。

「ゆいくん、今日はなにしてたの？」

たしかに治ったばかりで運転をして帰ってきたので、疲れを感じている。

結人はリビングの隅にあるおもちゃ箱から、プラスチックのダンプやショベルカーを抱えて戻ってくる。

「ブーブーばあば」

〝おばあちゃんと車で遊んだ〟と教えてくれている結人の頭をなでる。

「ばあばと遊んだのね。おりこうさんだね。お夕食はハンバーグにしようか」

彼の好物を口にすると、「うんっ！」と大きくうなずいてくれる。その笑顔がたまらなくて、私もにっこり笑みを浮かべた。


夕食の席で、明日の夕方から出掛ける旨を母に話す。

「珍しいわね」

「大学のときの友人たちが会おうって」

「ゆいくんは心配いらないからゆっくりしてきなさい」

「ありがとう。そんなに遅くはならないわ。二時くらいから結人を公園に連れていくね」

たくさん運動させたら、戻ってお昼寝をしてくれるだろう。

　翌日、結人と公園から戻って、急いで支度を済ませる。シンプルな紺色のワンピースと黒のパンプスに、モカブラウンのウールコートを身につけ、電車で約束の銀座のカフェに向かう。

　昨日のラフな格好を見られているし、おしゃれをする必要もないと思ったが、待ち合わせのカフェがブランド店に併設されているのでそれなりに選んだのだ。

　スカートは久しぶりだし、タイツを履いているとはいえもう十一月も終わりで寒い。

　銀座へ来るのも結人が生まれてからなかった。

　久しぶりなことが多くて、これからはもう少し楽しまないとだめだなと思う。

　カフェの入口にいる腰からの長いエプロンを身につけた男性に、京極さんの名前を告げる。

　京極さんはすでに来ており、窓際のソファ席に座っていた。

　黒いスーツを着ていて、ネクタイはラベンダー色の彼の姿は、これからパーティーに出席するみたいな雰囲気を醸し出している。

「お待たせしました」

コートを脱いで隣の席に掛けて椅子に座る。

「昨日会ったのは夢だったかもしれないと、今朝目覚めたときに思ったよ」

「え……?」

「そして今日現れるか心配だった」

テーブルに両肘をつき、組んだ手の上に顎を近づけて私を見つめる。

「や、約束は守ります」

「だが紗世の電話番号を昨日聞くのを忘れて、連絡の取りようがないから、正直失敗したと後悔した」

「京極さん……私は小玉さんとのことを知りたくて来たんです。いわゆる……好奇心です」

「そのことか……。先になにか頼もう。ケーキは?」

ちょうど甘いものが食べたくて、あの頃のように素直にうなずいた。

イチゴと生クリームのケーキとレモンティーが運ばれてきた。京極さんは香ばしく焙煎されたコーヒーだ。

「小玉さんの話をしてください」

「それは興味本位で? それとも俺のことが気になって?」

「きょ、興味本位に決まっているじゃないですか」

会ってからずっと、なぜ京極さんは引っかかるようなことばかり言うの？

京極さんは苦笑いを浮かべた後、カップに口をつける。

「奈緒とは、文京区を離れて引っ越しして以来隣に住む友人同士で、学校は違うがずっと仲がよかった。美人でスタイルがいいが、俺は一度たりとも奈緒を女性として見たことはなかった」

「ええっ？　あんなに綺麗な人なのに？　恋人になりたいとかはなかった……？」

「ああ。そうだ、代官山のマンションの前で俺と奈緒を見かけただろう？　俺が追いかけて送っていった日だ」

「はい。キ、キスしそうなほど顔を近づけて仲がよさそうでした」

あのときのことは三年近く経った今も覚えている。それほどふたりが一緒にいてショックだった。

「あれはフェイクだ。あの頃、奈緒に付き合っている男がいた。入籍した浅野だ。聞きながらケーキを食べろよ」

まだ手つかずのケーキを見下ろし、フォークを持ってふわっとした生地を切って口に運ぶ。

「奈緒がやつと同じマンションに入居し、マスコミの目をごまかすために俺が恋人のフリをすることになったんだ」

そのことを知っていたら……あんなに悩むこともなかったのかもしれない。

京極さんには恋人がいるのに、私と火遊びをしたのだとずっと思っていた。

「……それで納得できました」

「浅野がハリウッド映画に出ることになりロスで撮影する際も、都合よく俺に会う目的のように見せかけカムフラージュをして何度もやって来たのが真相だ。今度は紗世の番だ。ホテルで会ったあの男は？」

「母に勧められた男性です。結局は結婚しませんでした」

我妻社長の顔を思い出して顔がゆがみそうになるが、気持ちを落ち着ける。

「そうだったのか……君の母親の喜びように結婚を疑わなかった。それと紗世、ずっと俺と寝た理由が知りたかった」

「それは……あのときも言った通り、飲むと……」

その先は真昼間のしらふでは口ごもってしまう。

今、京極さんへの恋心を打ち明けてどうなるの？　彼は小玉さんとは別の女性と結婚するのだ。結人のことは隠し通さなければ。

「俺は君に振り回されっぱなしだな。今日は俺に付き合ってくれないか？」

「え？　ど、どこへ？」

「まだ言えない。食べ終えたら行こう」

このまま京極さんのそばにいたら、惹かれる気持ちに蓋ができなくなりそうだけれど、まだ会って一時間も経っていない。

私をどこに連れていくのか不安に駆られても、まだ京極さんと一緒にいたかった。

連れていかれた先は近くのセレクトショップで、綺麗なドレスがたくさん掛けられている。

セレクトショップなので、キラキラ光る小物もディスプレイされており、こんなところに案内されて驚きを隠せない。

「どうしてここに？」

「パーティーに出席してもらうからだ」

「え？　パーティー？」

ギョッとなる私を尻目に、京極さんは近づいてきたスタッフに希望のドレスを伝えている。

パーティーって、どういうこと？

「その黒のドレスがいい」

困惑している中、京極さんはテキパキとスタッフと相談しながら決めていく。

「試着して」

奥のフィッティングルームの入口で、黒いドレスを持ったスタッフが待っている。

「京極さん、ドレスを着るようなパーティーに私が出席するだなんて困ります」

「恋人のフリをしてほしい」

「私が？」

目を大きく見開き驚いている私の頬を、彼の手がそっとなでる。

「そうだ。昨日の女性も来るからけん制したい」

「あの方と結婚をするのでは？」

そう尋ねると、胸がズキッと痛みを覚える。

「いや、好きでもない女と結婚はできない」

「でも、私じゃなくても、京極さんならほかにも素敵な女性がいるはずです」

「紗世がいいんだ。早く着替えて。時間がない」

クルリと体の向きを変えられ、軽く背を押されて、フィッティングルームの方へ進まされてしまった。

「どうぞ」

若いスタッフの女性にドアを開けられ、覚悟を決めて中へ入った。

「お着替えが終わりましたら、こちらをお履きください」

スタッフが出ていき、ドアが閉められる。

四畳ほどあるフィッティングルームの三方が鏡張りで、着ていたワンピースを脱ぎ、ドレスを身につける。

このデザイン……。

色は違うものの、卒業パーティーのドレスとデザインが似通っていて、呆気に取られる。

京極さんはわざと……？

男性が一度しか見たことのないドレスを覚えているわけがないか。

フィッティングルームのドアのところに、黒のビジューがついた華奢なパンプスが用意されている。先ほどスタッフがこれをお履きくださいといったパンプスだ。

足を入れてストラップを留めると、この姿を京極さんに見せるのに胸をドキドキさせてドアを開けた。

「お疲れさまでございました」

外に控えていた女性スタッフが頭を下げる。

京極さんは少し離れたソファに掛けていて、私の姿を見てゆったりと腰を上げた。

「髪をこれでまとめるといい。せっかくの美しいデコルテがより綺麗に見えるように」

キラキラの大きなビジューが何個もついたバレッタを渡される。

鏡の前に立ち、両サイドの髪を少しだけ残してうしろでバレッタを留めようとするが、うまくできず何度か直していると、京極さんが鏡に映った。

「俺がやろう」

持っていたバレッタを引き取られて、大きな手で髪の毛をまとめられる。

京極さんの指がうなじに触れ、鼓動がドクンと大きく跳ねる。

「これでいい。髪も絹のような触り心地だな」

「そ、そんな上等な触り心地じゃありません」

ふいに褒められ、頬に熱が集まってくる。鏡に映る顔が赤みを帯びていた。

セレクトショップを出るときには、上質なカシミアの黒いケープコートを羽織らされ、迎えの高級外車に乗ってパーティー会場へ向かう。

走り出すと、隣に座る京極さんの方へ体を向けて口を開く。

「こんなにまでしてするパーティーに、私なんかが恋人のフリをして行ってバレないでしょうか?」

全身、高価な衣装に身を包み、パーティーバッグも真新しい。これだけのお金をかける意味があるのか不安になる。

「もちろんバレるわけがない」

自信ありげな京極さんに首をかしげる。

「あの女性は昨日、私があのホテルで仕事をしていたのを知っているのに?」

「もちろん、問題ない。なぜなら」

京極さんは言葉を止め、視線を私の瞳と絡ませる。

気のせいだろうか。結人を身ごもった夜のように熱く見つめられている気がする。

「な、なぜなら……?」

「俺は紗世を恋人として扱うから」

まるで本当の恋人に言うみたいに、京極さんの声は甘く聞こえた。

驚くことに、パーティー会場は京極さんと夜を過ごしたあのホテルだった。でも今度は会員専用フロアではなく一階のボールルームで、観音開きの開け放たれたドアからすでに出席者で賑わっているのが見える。

クロークにコートを預けている最中も、きらびやかな雰囲気にキョロキョロしてしまう。

入口の受付横にボードが置かれ、〝京極ホールディングス株式会社　社長就任パーティー〟と書かれてあった。

社長就任パーティー？　社長は京極さんのお父様のはずだけど……？

そこへ眼鏡をかけたスーツ姿の男性が近づいてきた。京極さんより年上に見える。

「社長、あと三十分ほどで挨拶のスピーチです」

ええっ？　社長？　京極さんがこの若さで社長……？

「わかっている。まずは飲ませてくれ。紗世、行こう」

京極さんの手のひらが背にあてられ中へ歩を進め、招待客の間を縫って飲み物をサーブするホテルスタッフからシャンパンのグラスを受け取り私に渡す。

「京極さん、社長に就任するんですね。おめでとうございます」

「めでたいとは言えないが、父は会長職に就き、のんびり釣りをしたいそうだ」

京極さんのご両親はひと回り違うご夫婦で、遅くにできた子どもだったので、おそらくお父様は七十歳を回ったくらいだ。

京極ホールディングス社のパーティーなら、ご両親も出席しているはず。私が恋人のフリをしておふたりに会っていいものだろうか。

「ご両親が近づかれたら、私は別の場所へ行きますね」

私がここにいる目的は、昨日の女性に望みがないことをわかってもらうためだ。

「いや、一緒にいてくれ。かまわない」

私が恋人だと思われてもいいの……？

シャンパングラスを持たない反対の手で、私の手はしっかり握られる。

「一樹？　そのお嬢さんは？」

突として女性の声が背後から聞こえ、心臓がドクンと跳ねた。

京極さんは握った手を肩に移動させて振り返る。

「母さん、俺の恋人です。彼女がわかりますか？」

お母様は、ラメの入ったライトグレーのスリムなロングドレスを身につけている。

突然〝恋人〟を紹介され、驚いたような表情で私を見つめた。

「えっと……いえ、どなたかしら……？　でもその美しい御髪(おぐし)の色を見たことがあるような……」

困惑する私とは反対に、京極さんは楽しそうに口もとを緩ませる。

「名雪紗世さんです」

「まあ！　紗世さんだったのね！　お綺麗になって。最後にお会いしたのはたしか、高校生くらいだったかしら」

「はい。おば様、ご無沙汰しております」

「お久しぶりね。驚いたわ。紗世さんが一樹の……」

「そうです。水面下で交際していた相手です」

そのとき、三年前、京極さんが本当にロスに行ってしまったのか電話で確認したことが脳裏をよぎる。

どうか、思い出さないで。水面下で交際していたなんて言ったら、おば様に恋人じゃないと知られてしまう。

目と目が合ったおば様は頬を緩ませて、私の左手を掴む。

「紗世さん、一樹をよろしくお願いしますよ。一樹、こんなところで驚かさなくてもよかったじゃないの。話してくれていれば、まり恵さんを紹介なんてしなかったのに」

「俺になにも相談せずに先走ったからじゃないですか」

そうだったのね……。

「まり恵さん、昨日すっぽかされて、その後にあなたから連絡がないものだからかなりご立腹らしいわ。パーティーも来ないと」

「恋人の具合が悪かったら、そっちを優先するのはあたり前です」

「ということは、ホテルで倒れたのは紗世さんだったの？　大丈夫なの？」

おば様が私の顔を見て心配そうな表情を浮かべる。

「はい。アレルギー症状で。もうすっかり治りました」

「あぁ！　思い出したわ。小さい頃、ナッツ類のアレルギーがあったわね。あのときはアーモンドチョコレートを口にしてしまって、蕁麻疹が出て……」

小さい頃は蕁麻疹程度で済んだが、大人になるにつれて症状は昨日のように重篤化していった。

そこへ先ほどの秘書が京極さんを迎えに来た。スピーチの時間になったようだ。

「行ってくる」

京極さんの手が私の頬にそっと触れ、やわらかく笑みを浮かべて壇上の方へ向かう。

演技がうまい。

「一樹は紗世さんがかわいくて仕方がないみたいに見えるわ。三年間留守で大丈夫だった？」

「……え？　は、はい」

ときどきロスへ行って会っていたと言えばよかったのだろうが、そこまで頭が回らなかった。でも、おば様はにっこりうなずく。

「紗世さん、恋人だなんて嘘をつかなくてもいいのよ。一樹に頼まれたのでしょう？」

おば様はやわらかく申し訳なさそうな声色で、でも核心をついていて、私は目を大きく見開いた。心臓がドクドク暴れ始める。

「お、おば様……」

「一樹がロスへ行ったとき、お電話をくれたわよね？　水面下でお付き合いしていた恋人だったら、そんなこと聞かないものね。それともあのお電話の後からお付き合いをしていたのかしら？」

やはり思い出していたのだ。

あぜんとなって返事ができない。でもこれ以上嘘はつきたくない。

私が黙っているので嘘だと確信したようで、おば様は小さく微笑む。

「紗世さん、ごめんなさいね。一樹は私たちが選んだ女性が気に入らなくて、あなたを連れてきたのよ。俳優さながらの演技力だったけれど。京極ホールディングスの社長夫人にふさわしく、一樹のお眼鏡にかなう相手を探すのは大変だわ」

そこへ司会者が京極さんのお父様の会長就任の紹介をし、綺麗な白髪の老紳士が壇上に上がった。

挨拶を済ませたお父様は息子を紹介し、招待客から盛大な拍手で迎えられた。

「一樹は心から奈緒美さんが好きだったと思うの。じゃなければ、長い間交際していたように見せかけるなんて無理だものね」

そうかもしれない。京極さんは小玉さんを女性として見たことはなかったと言っていたけれど、本当は彼女が望むなら恋人役を引き受けるほどに愛が深かったのではないかと思う。

恋人のフリだなんて、なんでしちゃったんだろう……。京極さんに関わってはいけなかったのに。

彼は社長夫人にふさわしい人と結婚するのだ。昨日の女性をあきらめさせるために連れてこられたのに、当の彼女は欠席。そして、おば様にすぐにバレてしまった。

もうここにはいられない。

壇上へ視線を向けると、京極さんはみんなの視線にも動じずに、堂々となめらかに挨拶をしている。

帰ろう……。社長にふさわしい伴侶を選ぶ邪魔をしてはいけない。

その場を離れ会場を出ると、クロークへ行きコートを受け取って足早にエントランスへ向かった。

「ただいま～」

「ママー」

いつものように玄関に現れた結人を抱きしめながら、母が出てこないように祈る。

リビングの方で「おかえりなさい」と声が聞こえた。

「ワンピース、ジュースで汚れちゃったから先に着替えるね」

姿を見られないように手前の自室へ結人も一緒に入り、急いでセーターとジーンズに着替える。

着ていた服、京極さんの迎えの車に置いてきちゃった……。

貴重品はバッグに入れ替えていたので問題ないが、メイク道具などは向こうのバッグの中だ。でも別の物があるし、処分してもらってかまわない。

バレッタも髪からはずし、ドレッサーの上に置いたそばから結人がそれを手にする。

「ゆいくん、それはないないね」

「やっ」

バレッタを離してくれない。まあ、これくらいなら購入したと言えば問題ないか。

「じゃあ、ばあばのところへ行こうか」

「うんっ！」

キラキラしているバレッタが気に入った様子で、にこにこして先に部屋から出ていく。

リビングでは結人が母にバレッタを見せていた。

「おかえりなさい。早かったのね。もっと遅くてもよかったのよ？」

「ただいま。なんか結人に会いたくなって」

「子育てあるあるだわね」

母は早い帰宅を不思議に思っていないようで胸をなで下ろす。

「素敵なバレッタね」

「あ、うん。綺麗だったから欲しくなって」

「それがいいわ。ずっと自分の物は買っていなかったでしょう？」

「もう欲しいと思わなくなって。結人の物で満足しちゃうみたい。それより、あまり食べられなかったの。お茶漬けでも食べようかな」

不自然にならないように言って、キッチンへ歩を進めた。

母と結人はお風呂に入り終わっていたので、久しぶりにひとりで湯船に浸かる。

ひとりになってようやく京極さんとのことを考えられる。

突然会場からいなくなり、京極さんは激怒しているかもしれない。

でもおば様にバレてしまい、あの場にずっといられるほど神経は図太くない。

京極さんと一緒にいられるだけで舞い上がって、ずるずる話に乗ってしまい後悔している。

もう気持ちを吹っきらなきゃ……。

京極さんは彼の立場にふさわしい女性と結婚するのだ。

結人のことは話せない。

七、父親の自覚

翌日、午後になって曇っていた空が晴れて、結人が外に出たそうに頻繁に窓を見ている。

「ゆいくん、公園に行こうか」

私の声に、絵合わせで遊んでいた結人が立ち上がる。

「寒いから、ジャンパー着ようね」

部屋から持ってきたくすんだブルーのジャンパーを小さな体に着せ、自分もカーキ色のアウターを羽織り、両手が使えるようにポシェットを斜め掛けして玄関へ向かう。

母は華道連盟の会合で、先ほど抹茶色の訪問着姿で出かけていった。食事会もあるので、夕食は私と結人のふたりだけ。

結人の手を握り玄関を出て、エレベーターに乗る。エレベーターが来る間も乗った後も、結人はうきうきしている。

マンションのエントランスから外に出て、徒歩五分ほどの大きめの公園へ向かう。

公園に到着した結人は私の手を離し、いつものようにすべり台へ駆け出した。

後を追い、すべり台の横に立つ。

低めのすべり台で安全性の高そうな網もあるが、なにかあったらと思うと心配で過保護に見守る。

「ママー」

すべり台の上から手を振る結人に、相好を崩す。

寒いせいか、公園で遊んでいる親子はほかに二組しかいない。

何回かスーッとすべり降りた結人の前に、突然男性が立ち塞がった。

「あなたは！」

驚いて結人のもとへ近づく。

「この子があのとき妊娠したと言っていた子ですか」

見知らぬ男性に見下ろされた結人は不安げに私を見る。

「結人、おいで」

その男性は我妻社長だった。

唐突に現れた彼に警戒しつつ、結人に手を差し出して抱き上げる。結人の手が私の首にギュッと抱きつく。

「なぜここに？」

あの日、我妻社長が事務所を去ってからは、一度たりとも顔を合わせていない。

「あなたは母親になっても変わらず綺麗ですね」

「質問に答えていないです」

「もう一度私との結婚を考えていただけないかと思って来たんです」

ありえない申し出に、眉根がぎゅうっと寄る。

「お断りです！　考える余地なんてありませんから」

「紗世さん！　あなたのことが忘れられないんです！」

結人を抱いている私は動きが鈍く、息子の小さな腕が引っ張られる。

「やめてください！」

手を払いのけ、結人を守ろうとくるっと我妻社長に背を向けたとき——。

「俺の家族になにをしている⁉」

低い怒号が辺りに響き、近づいてくる足音が聞こえた。

そして私たちの間に高身長の男性が立ち塞がる。

京極さんだった。

彼の姿に我妻社長も驚愕の表情になったが、私も言葉を失った。

「お、俺の家族？」

我妻社長がおののく表情で、京極さんと私を何度も見遣る。

「そうです。紗世は怯えている。二度と近づかないでいただきたい」

「くそっ……いつも寂しそうに遊んでいるから来てやったのに！」

いつも……？　私たちは我妻社長に見られていたの？

悔しそうに唇を噛んだ我妻社長は、乱暴な足取りで去っていく。

京極さんが私たちへ振り返った。

「大丈夫か？」

「京極さん……どう……して、ここが……？」

驚く私はすっかり抱っこしている結人の存在を忘れていて、京極さんが息子をジッと見ていることに気づく。あっ！と思ったときにはすでに遅かった。

見つめられて結人は困惑しているようだ。

「かわいいな。はじめまして」

京極さんは優しい笑みを浮かべ、結人に手を差し伸べる。

結人は京極さんが我妻社長のような男性ではないと悟ったのか、ニコッと笑って大きな手を掴んだ。

「紗世、俺の子だよな？」

「ち、違いますっ」

「嘘をつくな。俺の小さな頃とよく似ている。俺たちはたくさんの話をしなくてはならないようだな。名前は？」

「……結人です」

勝手に子どもを産んで怒っているのだろうか。心配で、抱いている結人をぎゅっと抱きしめた。

「結人か、いい名前だ。ここは寒い。別のところへ移動しよう」

「別のところって……？」

「それは無理です。車ですよね？　チャイルドシートが必要です」

「俺の家に」

「そうだった。では近くのカフェに」

話をしない限り、京極さんは去ってくれないだろう。

「……うちにしましょう」

人がいるところで込み入った話はできない。そもそも、京極さんがここにいる私たちのもとへ来たことが不思議で仕方がない。

「うち？　そういえば、名雪邸があるはずの住所へ行ったが、すっかり様変わりしていた。家元に電話をかけて住所を教えてもらったんだ」

母に電話を……。

「事情があって、あの土地を手放したんです」

現在は家族向けのマンションが建っている。

私は京極さんを自宅に案内した。

徒歩五分くらいの道のりを、京極さんは結人の手をつなぎながら歩く。結人が京極さんと手を離さなかったのだ。

やっぱり血はふたりをつないでいるのね……。

京極さんは乗ってきた車を近くのコインパーキングに入庫し、うちへ来ようとした。そのとき私と結人を見かけたが、私たちから距離を取ってうしろを歩く我妻社長に気づいて様子を見ていたそうだ。

「どうぞ……」

高身長でモデルばりの京極さんが玄関にいると狭く感じる。そして、我妻社長の恐怖心に襲われたドキドキとは違う緊張で、鼓動が暴れている。

「失礼するよ」

彼は上質なカシミアのコートをその場で脱いだ。昨日とは違って、深緑のセーターとジーンズのカジュアルなスタイルだ。

結人は興味津々で、うずうずしながら京極さんが上がるのを待ってから、彼の手を引いてリビングへ連れていく。

大人の男性はほとんどと言っていいほど接触したことがないのに、なにか違うのか、早くも懐いたようだ。

「コーヒーを淹れますね」

「ここにはふたりで？」

リビングのソファに座ってもらう。

「母と三人で住んでいます」

「それなら仏壇も？　慎一に手を合わせたい」

「あ、はい。こちらです」

和室に案内し、京極さんがお線香をあげている間に、コーヒーメーカーに粉と水を入れる。結人にも麦茶をマグに入れて、子ども用のおせんべいを用意した。

落ち着かない気分でコーヒーが落ちるのを見ていると、京極さんがキッチンの入口に立った。おそらく五分ほど仏壇の前にいただろう。

「あの日からのすべてのことを話してくれ。あの男についても。最後に会ったときのホテルで一緒だった男だよな？」

京極さんの記憶力に舌を巻く。

「……はい」

落ちたコーヒーをカップに注ぎ、トレイの上にのせて持っていこうとすると、京極さんが運んでくれる。結人はリビングのラグの上で絵合わせをして遊んでいる。

三人掛けのソファに促し、私は京極さんの対面に腰掛けた。

すぐに結人はニコニコと彼の隣に座ったが、私がタブレットをつけて好きな番組にすると、ラグに座って見始める。

「話してくれ」

「……大学卒業を前にして、大々的に名雪流の華道展を開く予定でした。それが詐欺に遭い――」

我妻社長との政略結婚の話などを口にした。

「俺に話してくれれば……」

「京極さんには小玉さんがいると思っていましたから。でも、どうしても最初は……す、好きな人に……」

「好きな人とは俺のこと？」

コクッとうなずくと、京極さんが苦々しい顔になる。

「紗世、ひとりで苦しんでいたんだな。だが、俺もホテルであの男と部屋へ行こうとする君を見て、居ても立ってもいられなかった。追いかけて引き戻したかった。しかしあのときは大事な商談で、醜態を見せるわけにはいかなかった。必死に、俺たちは別の道を歩むのだと自分に言い聞かせていたよ」

「京極さん……」

我妻社長から逃げ出してラウンジにいる彼を見かけたのを思い出す。ビジネスマンの顔だった。

「俺の気持ちを考えなかったのか？」

「だ、男性は、好きじゃない女性でも抱けるのではないですか？」

あの情熱的な夜を思い出して、頬に熱が集まってくる。

「俺は愛している女じゃなければ抱きたくない。紗世の誘惑には驚かされたが、正直うれしかった。あれほどそそられた誘惑はなかった。しかし、まさか妊娠させていたとは……」

「京極さんをあきらめて、我妻社長との結婚を考えたんですが、あのとき……あのホテルの部屋でプロポーズされ、強引に体を求められて……。できなくて逃げたんです」

あの頃の母親との考え方の違いなども話すと、京極さんは苦悩の表情を浮かべた。

「俺が紗世を支えなければならなかったのに……。結人を産む決心をしてくれてありがとう」

「妊娠が発覚してから母の決断は早かったんです。あの家に執着していたら幸せになれないと、売却する決心をしてくれて」

「あの土地を維持するのは相当大変だっただろう。それに加えて詐欺か……。犯人は？」

「私の出産前に捕まりました。でも、お金は戻ってきていません」

中山社長と角谷副社長はほかにも罪を犯し、現在刑務所にいる。

「あの土地を手放すのは、母にとって屈辱でした。それもあって、名雪流の看板を下ろすことに決めたんですが、師範たちが細々でもいいから続けたいと」

「代々守ってきたのだから、そう思うのも当然だ」

京極さんは相づちを打つ。

「はい。結人が幸せを運んでくれたんです。あの、子どもがいて……怒っていますか？」

「怒る？　怒りをぶつける対象なら自分だ。この三年間、大変だった君を守ってあげられなかった」

「三年間は……仕方がないです。黙って結人を産んだことで、うしろめたさがありました。だからスマホの番号も変えて……京極さんからの連絡を期待しないようにと」

京極さんの表情から勝手に子どもを産んだことについての怒りは感じられず、私はホッと安堵する。

「そんな気持ちを持つ必要はない。俺は過去に戻りたいが。実はロスへ行ってから、ちゃんと話をしたくて一度だけ連絡をした。でも通じなくて」

小さく微笑みを浮かべた彼を見て、私は首をかしげる。

「過去に戻りたい……？」

「最後に会った日から、今までの時間をやり直したい気持ちだよ」

「京極さん……」

「俺が奈緒とのことを話していれば、紗世を大変な目に遭わせることもなかった」

「で、でも……同情で……そう思われたくないです」

京極さんがふいに立ち上がり、私の隣へ腰を下ろす。

真摯な瞳で見つめられ、鼓動が早まってくる。

「同情？　そんな気持ちなわけがないじゃないか。俺はホテルで男と部屋へ行く紗世を見て、あのときあきらめたんだ」

「あきらめた……？」

「ああ。愛していた。いや、今も愛している」

「あ、愛してる……？　本当に……？」

両手が大きな手のひらで包まれ、その手を京極さんは口もとへ持っていく。そして、手の甲に唇が落とされた。

「ああ。信じられないのか？」

ドクッと心臓が跳ねる。ハッとなってラグの上の結人を見れば、指しゃぶりをしながら丸くなって眠っていた。

「あ……布団を……」

ドギマギが止まらないまま、京極さんから離れてソファの背にあるひざ掛けを結人の体にそっと掛ける。

「すっかり母親の顔だな」

「京極さんに日に日に似てくる結人がいてくれて、いつも勇気をもらっていました」

彼の隣に戻り、微笑みを浮かべる。

「結婚していると思ったが、日本へ戻り、無性に顔を見たくなった。帰国したばかりで多忙を極めていたところだったが、幸運なことに紗世と会えた」

京極さんの右手のひらが、私の頬にあてられて見つめられる。

「君が独身だとわかり、どんなにうれしかったかわかるか？　紗世は三年前俺が好きだったんだろう？　だから俺と一夜を過ごした。今は？　今はどうなんだ？」

京極さんが気持ちを伝えてくれている。恥ずかしいけれど、私も勇気を出して口を開いた。

「……愛しています。ずっと……変わらずに」

「紗世！」

頬にあてられていた手が肩をすべり、抱きしめられた。

「愛している。結婚してくれ。今までのぶんを償わせてほしい。そしてこれからの人生、俺のそばで笑っていてほしい」

「償うだなんて、そんなんじゃないです。そもそも誘惑した私のせいで――んんっ」

京極さんの唇にやんわり塞がれてから、角度を変えて何度もキスをする。

「そうだ。子どものくせに俺をわかりやすい手段で誘惑した」

思い出し笑いをした京極さんは自分の膝に私をのせた。彼を跨ぐ格好で見下ろす。

「京極さんにしか触れられたくない」

「俺もだ。紗世、いい加減に名前で呼んでくれ。これから君も京極の姓になるんだ」

鼻と鼻が触れ合い、笑ってから唇がもう一度塞がれる。

「ところで、昨日はなぜ黙って帰ったんだ？」

「あ……おば様に恋人のフリをしているのがバレてしまって……実は京極──、一樹さんがロスへ行ったのを確かめるために一度ご実家に電話をしたんです。でも昨日、水面下でずっと付き合っていたように話していたので気づかれてしまったんです」

「そうか……俺のミスだ。すまない。ひどいことを言われなかったか？」

一樹さんは憂慮の表情で見つめる。

「大丈夫です。かえって申し訳なさそうでした」

「よかった。そうだ、車の中に服がある。後で渡すよ」

「すみません。気づいたのは玄関に入る前で……」

見下ろす先にある一樹さんの瞳が私の口もとを注視している。彼は私の後頭部へ手を置いて性急にキスを落とし、唇を優しく食んで離れる。

「両親は腰を抜かすほど驚くだろう。だが、結婚をして孫を見せてほしいと切望されていたから、結人をかわいがるはずだ。もちろん紗世のことも喜んでくれる」

「……突然孫がいると言われて困惑するのではないでしょうか？　縁談を進めていたあの女性のことも」

「それも否めないが、問題ない。驚かせよう。縁談の件は心配するな、正式に断りを入れるよ」

一樹さんは茶目っ気たっぷりに笑う。その笑みは結人がいたずらをするときにたまに見せる笑みだ。

クスクスと笑いが込み上げてくると、一樹さんが不思議そうに首をかしげる。

「もうっ、結人にそっくりです」

「違うだろ。結人が俺にそっくりなんだ」

笑いながら訂正した一樹さんは「もう二度と離さない」と誓いの言葉を口にして、私を強く抱きしめた。

これからのことを話しているうちに、結人がお昼寝から目を覚ました。二時間弱寝ていてくれたので、絡まっていた糸がほどけるように吐露し合った。

今、ここに一樹さんがいてくれることが、信じられないくらいの幸せをもたらしてくれている。

「ママー」

コロッと起き上がった結人が私のところまで来て抱きつく。一樹さんがいるのが不思議なのか、黙って彼を見ている。

「ゆいくん、この人はね、ゆいくんのパパなの」

そう言うと、結人は少し考えるように一樹さんをジッと見つめる。

「パパ？」

一瞬、一樹さんの動きが止まり、すぐに感動した様子で端整な顔を緩ませた。

「紗世……結人が今パパって呼んでくれたよな？」

「はい。ちゃんと言っていました」

タブレットなどでパパが出てくるお話など観ているので、結人は〝パパ〟を理解しているはず。

「結人、ありがとう。感動したよ」

一樹さんは結人の頭を優しくなでる。その様子を目のあたりにして、一樹さんを愛して間違いなかったのだと確信した。

「そうだよ、結人。パパだ。おいで」

隣に座る一樹さんが結人に手を差し出すと、ニコッと笑って父親の膝の上に乗る。

「俺が親だなんてまだ信じられないな」

一樹さんは結人を腕に抱き、困惑しつつもうれしそうで安心する。

「あ、今週の金曜日に二歳の誕生日なんです」

「そうか……その日は三人でどこか出かけようか」

「え？　平日ですよ？」

「紗世は仕事か？」

「私はお稽古もないので都合はつきますが、一樹さんは社長なんですから会議とか打ち合わせとか、多忙を極めるのではないでしょうか？」

「秘書に調整させる。明日の夜は両親に会ってほしい。おばさんは今日、何時頃の帰宅？」

「八時過ぎには戻ってくると思います」

とんとん拍子に決まっていく予定に、早くも息切れ感はあるが、それも幸せの一部。

「わかった。夕食は近くのレストランへ行こうか？」

「一樹さん、お好み焼きは好きですか？」

「好きだが？　ずっと食べていないな」

「材料があるんです。結人も好きなので、よければ作ります」

外は夕暮れの空が広がっている。もう十六時三十分になろうとしていた。

鉄板で熱々のお好み焼きを作り、一樹さんはおいしいと言ってくれてホッとする。

私が彼に料理を作ったのは初めてだ。

材料を混ぜて焼くだけなので凝った料理ではないけれど、喜んでくれている姿に笑みが絶えない。

危なくないように遠ざけた子ども用の椅子に座っている結人に、冷めて小さく切ったものを食べさせる。

一樹さんは鉄板の火加減を調整しながら、パクパク食べる結人に驚く。

「すごい食欲だな」

そのほかにも、かぼちゃのスープや大好きなブロッコリーを手で掴んで口に運ぶ結人を見て、一樹さんの目尻が下がる。

「そうなんです。モリモリ食べてくれて、母としては楽なんですよ」

これからは親子三人で……。

ふいに母を思い出し、困惑して表情が陰る。

「どうした？」

「え？　いいえ。あ、焼けましたか？」

「ああ、できたよ」

焼けたお好み焼きにソースとマヨネーズ、青のりやかつお節をかけてから切り分け、私のお皿に置いてくれた。

「ありがとうございます。あの……実は、母に一樹さんが父親だとは言っていません。母とおば様は知り合いですし、一樹さんは小玉さんと結婚するとばかり思っていたので、墓場まで内緒にしようと」

「おばさんは俺が父親で驚くだろうな」

「はい。でも、きっと安心してくれるはずです」

「ママー、ないー」

結人がマグカップを差し出す。

「麦茶、なくなっちゃったのね。今入れてくるからパパと待っていてね」

それからしばらくして母が帰宅した。

玄関に一樹さんの靴があるので、驚かさないように急いで出迎えた。

「紗世、この靴は……？　もしかして一樹さん？」

彼からの電話を思い出したのだろう。

「うん……あのね、実は……一樹さんが結人の父親なの」

いろいろ言うよりも端的に話した方がいいだろうと思い、ずっと考えていた言葉だ。

「お母さん、ごめんなさい。あまりにも急展開で……」

草履を脱いだ母は私の肩をポンポンと叩き、首を左右に振る。

「いつかこんな日がくるんじゃないかとは思っていたわ。それがどんな形かはわからなかったけれど」

「え……？」

「なんとなく一樹さんだと思っていたの。結人のパパは」

「そうです」

突として会話に加わった声に振り返る。一樹さんが結人を抱っこして立っていた。

「申し訳ありませんでした。早く知っていたらと後悔しています」

「一樹さん、いいのよ。私のせいでもあるの。こんなところで話なんて。リビングへ行きましょう」

『私のせいでもあるの』……？

リビングのソファに腰を下ろし、再度、一樹さんは母に頭を下げて謝罪する。

「お母さん、一樹さんが結人の父親だってわかっていたの？」

「ええ。妊娠を聞いたとき、そうではないかと思っていたけれど、ゆいくんが大きくなるにつれてわかってきたの。紗世の好きな人は一樹さんだと知っていたわ」

私が一樹さんを好きだと知っていた……。

母は私に微笑む。

「紗世には縁談の相手がいたから、一樹さんが電話をかけてきたとき、結婚が決まったとつい言ってしまったの。一樹さんが離れるように。ふたりに謝らなくてはならないのは私よ」

母が私の縁談の話をしていなくても、状況は変わらなかったはず。小玉さんと結婚するものと思っていたのだから。

「ううん。お母さん、謝らないで。すべては私たちのせいなんだから」

「そうです。俺が紗世をあの男から奪っていればよかったんです」

〝あの男〟で公園の出来事を思い出して、顔がゆがむ。

「お母さん、今日公園で遊んでいたら、我妻社長が現れたの」

「なんですって⁉」

「もう一度やり直したいと、結人の腕を掴んで。そこに一樹さんが来てくれて、立ち去ったの」

「もう三年も経つのに……紗世、本当にごめんなさいね。なんて人なんでしょう。突然現れて、ゆいくんの腕を掴むなんて。今度現れたら警察に連絡しましょう」

一樹さんが現れたことでもう二度とやって来ないと思いたい。

「ところで、入籍はいつに？　結婚式はするでしょう？　これからのことを話してちょうだい」

母に促され、入籍は金曜の結人の誕生日にすること、明日京極家へ挨拶に行くことを伝える。挙式もする予定だ。

「住まいは……」

「紗世、なに言い淀んでいるの？　私のことは気にしないでいいのよ？　新婚生活を楽しみなさい。ゆいくんも必要なら預かるわ」

「う……ん。お母さん、ありがとう」

「ふたりを今までありがとうございました。紗世さんを幸せにします。これからもどうぞよろしくお願いします」

一樹さんは深く頭を下げ、私も彼にならって母にお辞儀した。

翌日の十八時。一樹さんの迎えで京極家へ向かった。

車の後部座席にはチャイルドシートが装備されており、結人はよそ行きの襟付きのシャツにブラウンのセーター、紺色のズボンをはいて座っている。

結婚の挨拶なので、私は桜色の訪問着にした。

「緊張しているだろう？」

「それはもちろん」

結人の隣に座る私は、運転する一樹さんの方へ首を伸ばしてうなずく。

「昨晩、紗世のところから実家へ寄り、両親に話をしてある。孫がいると知り喜んでいたから、安心するんだ。もちろん相手が紗世で喜んでいた。母が謝りたいと言っていたよ」

「そんな必要はないです。疑うのも無理はありませんでしたから」

「俺たちは謝ってばかりいるな。それから、両親が進めていた縁談は正式に断りを入れてあるから、気にせずに会ってくれ」

愛している女性がいると両親が知らなかったことを、断りの理由にしたという。

もう憂い事はないのだ。しっかりご両親に挨拶をしよう。

京極家は中目黒（なかめぐろ）の閑静な高級住宅街の一角にある。

初めて訪れるお宅は、辺りを圧倒するほど大きな洋館だった。

五台分の駐車スペースの端に車を止めた一樹さんは、後部座席のドアを開けて私を降ろしてから、車のうしろを回って反対側にいる結人をチャイルドシートから抱き上げる。

私は結人を一樹さんに任せて、手土産の菓子折りの入ったショッパーバッグと、結人のおむつや着替えの入ったバッグを手にした。

「それを貸して。俺が持つ」

結人を腕に抱いている一樹さんは私に手を差し出す。

「これくらいなんでもないです」

ひとりで重たい荷物も持って結人を連れていたので、そう言ってくれるとうれしいが気恥ずかしい。

「いいから。じゃあ、紗世は手土産だけ持って」

「……はい」

結人の荷物を一樹さんに渡し、白い鉄柵の門扉へと歩を進めた。

玄関までのアプローチは以前の我が家のような薄暗い雰囲気ではなく明るい。庭もかなり広そうだ。

一昨日のパーティーよりもかなり緊張して、口から心臓が飛び出そうなほどドキドキしている。

玄関まであと五メートルほどに近づいたとき、ドアが内側から開き、ご両親が姿を見せた。

ふたりの笑顔に胸をなで下ろし、その場でお辞儀をしてから歩を進める。

「紗世さん、よく来てくれました。おおっ、君が結人君か。いや、実にかわいいな。じいじだよ」

お父様がにこやかに挨拶をし、一樹さんが抱いている結人においでというように腕を伸ばす。

老齢の男性に慣れていないので、結人は困ったように一樹さんの首にしがみつく。

「父さん、いきなりは無理ですよ。な、結人」

私も慌てて「申し訳ありません。男性に慣れていなくて……」と続ける。

言った直後、一樹さんには懐いているのに変な言い訳に聞こえただろうかと心配になった。

「それもそうだ。今はそれくらいの方がいいぞ。連れていかれでもしたらとんでもないからな」

お父様はとくに気にしていないようでホッとする。

「あなた、突然ですもの。中でゆっくり。紗世さん、どうぞお入りになって」

お母様が私たちを招き入れる。

先にお父様と結人を抱いた一樹さんが上がった後、残ったお母様がスリッパに足を入れた私に向き直る。

「紗世さん、一昨日はごめんなさいね。事情を知らないでひどいことを言ったわ」

「ひどくないです。当然でした。私の方こそ、孫の存在を突然お知らせすることになってしまい、申し訳ありません」

「本当に腰を抜かしそうになるほど驚いたけれど、うれしかったわ。結人君は天使みたいにかわいいわね。さっそく主人とデパートへ行って、結人君にいろいろプレゼントを買ったのよ」

「ありがとうございます。結人もとても喜びます」

そこへ部屋に入っていた一樹さんが姿を見せた。

「母さん、中で話せばいい」

「そうだったわね。紗世さん、どうぞどうぞ」

広いリビングに通される。

結人が大きなくまのぬいぐるみを抱えて、私のところへ走ってきた。

「ママ！」

私に差し出すようにして見せる結人は、うれしそうにぴょんぴょん跳ねている。

「いただいたのね。よかったね。〝ありがとうございます〟はした？」

すると、結人はトコトコお父様のもとに戻る。

「あーっと」

「そうか、そうか。いい子だな。結人君、まだまだあるぞ」

ソファに座っているお父様が、ほかのおもちゃを持って結人を呼ぶ。

「紗世、座ろう」

一樹さんが私に手を差し出し、お父様のもとへ向かう。お父様は自分の隣に結人を座らせてミニカーで遊び始めた。

京極家のご両親や一樹さんに結人を会わせることなどできないと思っていたので、みんなが笑顔の光景を目にできて感激するばかりだ。

「お母様はお元気かしら？　近いうちにぜひ顔合わせをさせてね」

「はい。元気にやっております。母もお会いしたがっておりました」

「早々に決めましょうね。今夜は板前さんを呼んでいるの。結人君には飾り寿司を作ってもらったのだけど、食べられるかしら？」

「はい。たまごと海苔がとくに好きなので喜びます」

一昨日のお母様のようだったらどうしようと思っていたけれど、今は以前会ったときのように親しみやすく愁眉を開く。

板前さんが握ってくれた極上の握り寿司をいただき、始終、結人が大人たちの中心で和やかな時間が過ぎていった。

八、幸せな結婚生活

十二月一日、私は晴れて京極紗世になった。

結人の誕生日と入籍、ふたつのお祝い事が重なり喜ばしい日で、その日は区役所に婚姻届を提出したのち、三人で初めてのお出かけをした。

車の後部座席に乗る私の左手薬指には、五個のダイヤモンドが連なるマリッジリングがはめられている。家事に邪魔にならないデザインだ。そしてもうひとつ指輪が重ねてあるのが、一樹さんの実家へ行ったときにもらったエンゲージリング。

有名なハイブランドの箱を見た瞬間、銀座で見かけた小玉さんと一樹さんを思い出した。

実はあのときに購入したのだと彼は話した。小玉さんは自分で好きな指輪を買ったのだと。

私にプロポーズをするためだったエンゲージリング。三年の時が経って私の左手の薬指にはめられた。

贈られて一時間くらいは鼻をぐずぐずさせてしまっていた。

昼間は結人の好きなキャラクターのアミューズメント施設でたくさん遊び、そんな場所でも一樹さんは戸惑っている様子もなく楽しそうだった。

ひとしきり遊び、ひと休みしようとアミューズメント施設から少し離れた海が見えるカフェに入った。

結人は目の前の子ども用のかわいいパンケーキに喜び、ひとりで食べようとしている。うまくいかずに口に入れるところで落としてしまいそうになり、一樹さんが手のひらで受け止める。それからフォークに刺した小さなパンケーキを結人の口へ運んだ。

「ふふっ」

その光景に思わず笑みと声が漏れる。

「なにかおかしいか？」

結人に食べさせながら、対面に座る一樹さんが視線を向ける。

「おかしいというか、幸せな笑いです」

「なるほど。実際自分に子どもがいてこんなに幸せなことはないと思うくらい、君たちに会ってから充実している」

一樹さんはもう一度結人にフォークを持たせて見守る。

「そうだ。夜はお義母さんも一緒に食事をしないか？　結人と俺たちのお祝いに」

「いいの……？」

「もちろんだ。都合をお義母さんに確認して」

「はいっ」

さっそくスマホからメッセージを送ると、少ししてから喜びながらも遠慮がちな文面での返事がきて、夕方事務所に迎えに行く旨を伝えた。


その夜、遊び疲れてお風呂に入ってすぐに眠ってしまった結人の顔を眺めながら、スマホを手にし、侑奈へ電話をかける。

二十一時なので仕事から帰宅しているかわからなかったが、メッセージで私が〝京極紗世〟になったことを伝えるのではなく、ちゃんと言葉で伝えたかった。

一樹さんと再会したことも、まして入籍したことなど伝えていないから。

《紗世！　久しぶり！　元気だった？》

すぐにビデオ電話に出た侑奈に微笑む。

「うん。元気よ。報告があって電話をしたの」

《え？　報告？　なになに？　ゆいくんが英語を話すようになった？》

ふざける侑奈にうしろから「ばかなこと言ってんなよ」と、加茂君がスマホ画面を覗き込む。

「相変わらず仲がいいんだから。実はね？　私、本日入籍しました！」

ふたりは絶句している。

「驚きすぎよ」

たしかに驚くのも無理はないかと、まだあぜんとなっているふたりに納得する。

《だ、誰と結婚したの⁉》

「京極さん」

《ええっ⁉　きょ、京極さんっ？　たしかに小玉奈緒美と破局したけど、切り替え早くない？》

「話すと長いんだけど、あれはフェイクだったの。とりあえず、今は顔を見て入籍を伝えたかったの。結婚式は来年に。決まったら連絡するからね」

いろいろ聞きたいところだと思うが、今はそれだけを話して一方的に通話を切って、小玉さんとのことはメッセージを送った。

少しして、【三年前にわかっていたらと思うと悔しいけれど、紗世が幸せそうでよかった！　おめでとう！　結婚式には絶対に行くからね！　雅則も祝福しているよー】と、メッセージとうさぎがバラの花束を抱えているスタンプも届き、頬を緩ませた。

　順風満帆で幸せな毎日だが、まだ住まいが決まっておらず別居中。

　一樹さんのタワーマンションの部屋は2LDKのためいささか狭いとのことで、充分な広さがあって環境のいい場所の戸建てかマンションを探している最中だ。入籍したといっても今は一緒にいられない。

　一樹さんとは週末だけ会い、私は今まで通り事務所やお稽古、ホテルや商業施設の仕事などをこなしていた。

「ねえ、紗世」

　仕事から戻って夕食を食べていると、母が神妙な面持ちで話しかけてくる。

「なあに？　あらたまって」

「もうすぐクリスマスでしょう？　ゆいくん抜きで一樹さんと食事をしてきなさいな」

「あ、うん……」

　そういえば、再会してからの私たちは結人抜きで会っていないなと、お味噌汁のお椀を手にして口をつける。

「ちゃんと聞いてる？　帰ってきなさいなんて、野暮なことは言わないわよ」

「ぶっ！　ゴホッ、ゴホホ、んんんっ。と、突然なにを言うのよっ」

飲み込もうとしていたお味噌汁を吹き出して、慌ててテーブル拭きを掴む。

「子どもをつくっているんだから、そんなに焦らなくてもいいじゃないの」

「お母さんっ」

一樹さんと再会してから三週間が経つが、いつも結人がいるし泊まらずに帰宅して、現状キスしかしていない。

「真っ赤になっちゃって。ふふっ」

「もうっ！」

親が子どもに言う言葉なの？と頬を膨らませて母を睨みつける私を見て、結人が「ママー」と、キョトンとなっていた。

クリスマス直前の土曜日、一樹さんとディナーに出掛けた。

社長就任パーティー時にプレゼントされた黒のドレスを着て、案内された場所は結人を身ごもったあのホテルだ。

就任パーティーもここだったが、今日は会員専用フロアで、エレベーターを降りたところから胸がドキドキし始めた。

「京極様、本日はありがとうございます」

コンシェルジュの男性に、今回も至極丁寧にレストランの個室へ案内される。

「ワインの好みは以前と変わらずか？」

「はい。妊娠発覚からアルコールは飲んでいませんが」

「それならセックのシャンパンにしよう」

そばに控えていた男性スタッフにオーダーを済ませる一樹さんに見惚れていると、彼がこちらに向き直る。

「紗世。新築物件をいくつか見繕ったから、内見しに行こう。それから正月はここで過ごそうと思うんだが、どうかな？　両親たちを招いて食事会もしたいと思っている」

双方が多忙で、両親たちの顔合わせがまだできていないため、いい機会だと思う。

「お正月をホテルで過ごすなんて初めてです」

「俺たちはデートを重ねて結婚したのではないから、これからいろいろなところへ君を連れていきたい」

にっこりうなずいたところで、先ほどのスタッフがアイスペールで冷やされたシャンパンを運んできた。

それぞれのグラスに黄金色の気泡が綺麗なシャンパンが注がれ、キャビアとサーモンが小さなクラッカーの上にのっているアミューズが目の前に用意される。

テーブルの上の中央にゴールドのセンタークロス。その上に真紅のバラと、ガラスの入れ物に入ったロウソクが三つ並んでいる。

クリスマスの雰囲気たっぷりで、目の前には愛する人がいる。リラックスをしなければと思うのに、食事が進むにつれてこの後のことを考え、鼓動が早鐘を打ってくる。


「んっ……ふっ……」

ロイヤルスイートルームに入室して私の体は宙に浮いた。一樹さんがお姫様抱っこをしてキスをしながらベッドに連れていかれる。

唇をもてあそぶ舌で、うっすらと口を開かされる。温かい舌が口腔内に忍び込んで舌を追う。熱い吐息が絡まり、下腹部の奥がジンと痺れてくる。

「愛している。もう二度と離さない」

「ん、ぁ……か、ずきさんっ、大好き、愛してます」

一樹さんは誓いを立てるようなキスをして、色香を漂わせた視線でドレスを脱がし、情熱的に抱いた。

求められる幸せを実感しながら、一樹さんの腕の中で眠りに落ちた。

翌朝、キスで目覚めた私は、彼にクリスマスプレゼントを渡していなかったことを思い出す。

　一樹さんは着替えを済ませ、ベッドの端に腰をかけてこちらを覗き込んでいた。

「おはよう」

「お、おはようございます。私、寝坊を……？」

「いや、十時に約束があるんだ」

「十時に……？」

　ベッドサイドの時計へ視線を向けると八時半だ。いつもの時間から比べると寝坊に近い。

「すまない。ゆっくり寝かせてあげたかったんだが、クリスマスプレゼントを取りに行こう」

「え？　取りに？　あ、私も持ってきているんです」

「うれしいよ。先にシャワーを浴びてきて。それとも約束を遅くして、一緒に入ろうか？」

　そう言った一樹さんは甘く唇を塞ぐ。

「や、約束は約束ですから、すぐに浴びてきますね」

シーツを体に巻きつけ、ベッドを下りる。

「すべてを見ているのに、恥ずかしがらなくてもいいだろう？」

一樹さんのあきれた声に、首を左右に振る。

「まだ慣れません。入ってきますっ」

シーツを引きずりながら、バスルームへ足を運んだ。


身支度を終えてリビングへ歩を進めると、ルームサービスの朝食がテーブルに用意されていた。

「クリスマスプレゼントって、悩みますね。結人にならすぐ決まるのに、一樹さんには何日も考えました」

いくつかの箱が入ったショッパーバッグを一樹さんに手渡す。彼はすぐに開けて一つひとつ手にする。

考え抜いて選んだのは万年筆とネクタイ、カフスだった。

「ありがとう。紗世が悩んで選んでくれたプレゼント、大事に使うよ」

「ネクタイはたくさんあると思ったんですが、私があげたものを身につけてもらえたらと思ったんです」

「さすが華道家だ。センスがいい」

気に入ってもらえ、ホッと胸をなで下ろす。

朝食を食べ終え、母に電話をかけ結人の様子を聞いてから、一樹さんは私を約束の場所に連れ出した。


一樹さんのクリスマスプレゼントは規格外で、開いた口が塞がらなかった。彼が連れていった先は高級外車のディーラー。

ピカピカのパールホワイトのSUV車に大きなリボンがかけられていた。コンパクトカーと言われるもので、街乗りにいい小回りのきく車体を選んでくれたのだ。

最新式の装備が搭載されており、今の私が乗っている車よりも断然安全性が高い。

「紗世の運転のお手並みを拝見しようか」

「はいっ、とても素敵な車でうずうずしてきます。一樹さん、こんなに高価なクリスマスプレゼントをありがとうございます」

「君は大事な人だ。車体も頑丈だし、なにかあったときには軽自動車より身を守れる」

一樹さんは乗ってきていた自分の車をマンションの駐車場に戻すように担当者に頼み、パールホワイトのSUV車はリボンがはずされて表に用意された。

担当者から運転やカーナビに関して十分ほどレクチャーを受け、私は一樹さんを助手席に乗せて出発した。

右ハンドルだし、違うのは少し車体が大きいだけ。カーナビは最新式で有能。

「ホテルに戻るって……？　忘れ物？」

「忘れものじゃない。結人がいない時間を有意義に過ごすために決まっている」

意味がわからなくて、赤信号で首をかしげて一樹さんを見る。

「まだ愛し足りないってことだ」

一樹さんはしれっと口にして、不敵な笑みを浮かべた。

一カ月後――。

私たちは千代田区にある地下二階、地上十五階のマンションに入居した。テラスから千鳥ヶ淵が眺められる素晴らしい立地だ。

実家からも車で二十分かからず、丸の内にある一樹さんの会社にも近い。

間取りは４ＬＤＫ。充分すぎるくらいの広さがある住まいは、あちこち内見をした結果、ひと目で気に入った。

四十畳のリビングダイニングは窓が一面にあり、昼間は日差しがたくさん降り注ぐ。

現在はロールカーテンが下がっているが、十五階建ての最上階にあるこの部屋のテラスは広く眺めもいい。夏には結人をビニールプールで水浴びさせてあげられそうだ。

母と暮らしていたマンションに引っ越ししたときもカウンターキッチンに喜んだが、このマンションは桁違いで、ドイツ製のビルトインで統一されたインテリアは憧れだった。


「ただいま」

子どもの適応能力はすごいなと思う。新しい家の玄関が開いて父親の声がすると、ミニカーで遊んでいた結人が走って出迎えに行く。

「パパっ！　かーえり」

玄関に近づく私の耳に、結人のうれしそうな声が聞こえてくる。

「おかえりなさい。お疲れさまでした。ゆいくん、なに持ってるの？」

一樹さんから渡されたのだろう。結人が大きなショッパーバッグを引きずりながらリビングの方へ持っていこうとしている。

「パパ」

父親からもらったと、にっこり笑う。

「今日、父さんが会社に来て置いていったんだ。中は結人のプレゼントと節分セットだそうだ」

「あ……そういえば、今日は節分」

「まだ結人にはわからないと思うが、やろう」

「はいっ。先に食事にしますか？」

時刻は十九時三十分。社長である一樹さんがこの時間に帰宅するには、短時間でたくさんの仕事をこなさなければ無理だろう。

今日は節分を結人とやりたくて早く帰宅したのだと推測する。

「結人の風呂はまだだよな？　先に一緒に入ってくる」

「わかりました。ゆいくーん、パパがお風呂に入ろうーって」

声をかけるとすぐに結人がやって来て、一樹さんの手を引っ張っていった。

キッチンで夕食の支度をしていると、バスルームから呼ばれて結人を引き取りに向かう。バスルームのドアから楽しそうに出てきた結人をバスタオルで包み込んだ。

子ども部屋に連れていき、水滴を拭き取り下着を着せる。日中オムツは取れたが、夜だけ紙パンツをはかせ、飛行機柄のパジャマに腕を通す。

私に似た色素の薄い髪を拭くと、すぐに走って私のもとから離れる。

「あ、ゆいくんっ」

先ほどのショッパーバッグが気になっているみたいで、リビングでは袋から中身を一生懸命に出している結人がいた。

「ご飯を食べてからね」

そこへ、紺色のパジャマ姿の一樹さんが現れた。

ショッパーバッグに戻されるのが気に入らない結人はぐずり始める。

「どうして泣いているんだ？」

一樹さんは抱っこをしている私から結人を引き取る。

「お義父様からいただいたものが気になるみたいで……」

「そうか。ごめんな。パパが結人に渡したからいけなかったな。結人、食事後に遊ぼう」

大きな手のひらで頭をなでられた結人は機嫌を直し、子どもの椅子に座った。

「鬼はー外、福はー内」

鬼のお面をつけた一樹さんに節分の豆をぶつけてみせると、最初は怖がった鬼に向かって豆を投げる。

一樹さんと暮らし始めて、彼はかなりの子ども好きで、子煩悩な親なのだと実感している。

逃げ回る一樹さんを追う楽しそうな結人に、私も笑いながら豆を鬼にあてる。

「ゆいくん、鬼はー外、福はー内よ」

「おにーそと……へへっ」

たくさんの言葉はまだ言えない結人は笑う。

それから一樹さんの鬼を追う結人をスマホの動画に写し、写真もたくさん撮った。

ふと、自分の父親はこうして子どもと遊ぶ人ではなかったのを思い出す。

家を出ていってからずっと会っていないし、どこにいるのかもわからないけれど、やはり肉親なのでときどき気になる。幸せだったらいいな。

鬼のお面をつけた一樹さんが逃げる結人を背後から抱きしめて、楽しそうにキャーキャー言っている。なんとも微笑ましい光景に顔が緩む。

「あーあ、リビングもテラスもお豆でいっぱいね。明日はお掃除が大変。ゆいくん、お手伝いしてね」

口ではそう言いながらも、私は楽しそうなふたりににっこり笑った。

結婚式の準備を進める中、引っ越してからも週三日は事務所に出ている。結人も連れての出勤なので、母と工藤さんが喜んでくれる。

郵便物を出しに郵便局へ行った工藤さんが、下のポストからいくつかの封書を手に戻ってきた。

母は師範たちとの懇親会に出掛けており、先ほどレストランを出たと連絡が入っている。結人はお昼寝中で、電話が鳴っても起きないほどぐっすりだ。

「おかえりなさい」

「紗世さん、差出人のない手紙が」

茶封筒の宛名には〝名雪様〟としかない。

「誰から……？」

「なんか気持ち悪いですね」

工藤さんも困惑顔でジッと茶封筒を見つめ、私はライトの明かりに透かして見る。

紙しか入っていないみたいだ。

「開けてみます」

ペーパーナイフで開けて、おそるおそる中の便せんを引き出した。

息をのみ、便せんを開き「あっ！」と声が漏れる。

母と私に宛てた連名が一番上に書かれてあり、差出人はイベント会社の中山社長だった。

去年の暮れに出所したとあり、読み進めていくと、背筋が寒くなる内容だった。

こわごわと便せんを覗いていた工藤さんと顔を見合わせて、彼女が口を開く。

「ひどい！　我妻社長はあの人たちが詐欺師だということを承知で、紹介したなんて！」

鳥肌が立ち、心臓が嫌な音を立てる。

「うちをピンチに陥らせて、私と結婚をしようとしていた……」

「なんてひどい！」

警察に捕まった際、我妻社長の件は話さないことを条件に、出所した際に援助をする約束をしていたそうだ。手紙で知らせた理由は、出所してから援助金が一円ももらえておらず憤り、約束を反故にしたと。ただ持ち逃げした六百万についてなにも書いていないあたり、彼らがふてぶてしい詐欺師であることを物語っている。

とはいえ、我妻社長がこの件を主として進めていた証拠はなく、今さらどうにもできない。

公園で突然現れた我妻社長を思い出し、恐ろしくてぶるっと身震いする。

そこへ事務所のドアが開いた。

「きゃあっ!」

私と工藤さんがびっくり肩を跳ね上げると、母だった。

「そんなに驚いてどうしたの?」

ホッと胸をなで下ろす。

「お母さん、もうっ、驚いちゃったじゃない」

「戻るって連絡入れたでしょう? どうしてそんなに驚いているのよ?」

「これが……」

着物の羽織を脱いだ母に持っていた手紙を渡す。

母は読み進めていくうちに、表情が険しくなっていく。

「ひどいわ! あの男が計画したのね!」

憤っている母を見ているうちに、私の暴れていた鼓動が鎮まり冷静になっていき、口を開く。

「……知ったからって今となってはどうすることもできないわ」

「今日、偶然にもあの男の話を聞いたのよ。一度は結婚したものの、去年十一月に離婚したと。あなたに近づいたのも十一月の終わりだったでしょう? 気持ち悪いわ」

「結婚していたのね……」

「あんな性格では一緒に暮らせないわね。DVをされそうだわ。今後も気をつけないとね」

母の剣幕は相当なものだ。あの男と結婚していたら、絶対に幸せにはなれていなかっただろう。

その夜、取引先との会食をして帰宅した一樹さんのお風呂上がりに、今日の手紙を見せた。

読み終わった彼は眉根を寄せて「そうだったのか……」と苦々しい表情になる。

「この件は俺に預からせてくれないか?」

「もうどうにもできないかと……」

「刑事事件としては無理だが、やつが君に接触しないようにすることはできる。俺に任せてくれ」

あの日以来姿は見かけない。気が弱そうだからもう大丈夫だろうと思っているが、一樹さんがなんらかの手を打ってくれれば安心はできる。

「忙しいのにごめんなさい」

一樹さんの手が私の頬にそっと触れる。

「これくらいなんでもない。君や結人、お義母さんになにかされる前に手を打つ。さてと、この件を忘れて俺に愛される時間だ」

時刻は二十三時を回り、結人はとっくに眠っている。

「あ、きゃっ！」

抱き上げられ、ベッドルームに連れていかれた。

ひとしきり情熱的に愛し合い、一樹さんが白ワインのボトルとグラスふたつを持って戻ってくる。

明日は土曜日なので、夜更かしするのが至福の時だ。

「結婚式の準備は進んでいる？」

「はい。お花の発注も済ませましたし、招待状のお返事も続々と届いています」

ホテルのチャペル、披露宴のひな壇と招待客の席に飾る花も私が前日に生ける。

都内の五つ星ホテルで、招待客は本当に親しい人だけを人選し、五十人ほどのこぢんまりとした挙式を予定している。

結婚式は三月下旬。あと一カ月後だ。

挙式の翌日、家族三人で新婚旅行へ向かう。

場所は一樹さんが海外赴任していたカリフォルニア。ロサンゼルスやラスベガス、そこから行けるグランドキャニオンなど、半月間で周遊してくるプランを立て、今から楽しみだった。

気にかかっていた我妻社長の件は、京極ホールディングスの法務部の弁護士から内容証明を直接渡したそうだ。

近づけば法的措置も検討するという内容で、詐欺師との関わりをこちらも知っている旨も記載され、それを読んだ我妻社長は額の汗を拭きながら近づかないと約束したそうだ。


結婚式当日の朝。

ウエディングドレスを着る前に、前日生けた花を母とともに確認し、元気のない草花を交換する。

チャペルのバージンロードの道に生けたのは白百合とかすみ草と、黄緑色のカーネーション。ひな壇には元気なイエローベースの花を飾り、お客様のテーブルには白と黄色を主に生けた。

それが終わると、メイクルームでホテルのスタッフがヘアメイクを施し、ウエディングドレスに着替えさせられる。

チュールをふんだんに取り入れたAラインで、トップスには刺繍がされており、オフショルダーのエレガントなドレスだ。

お色直しのカラードレスはペールブルーのお姫様みたいなデザインで、昔からこういったのを着るのが夢だった。

支度を終えて、花嫁控室で緊張感に包まれながら鏡を覗き込む。

「一樹さんも支度が終わった頃かな……男性だからもっと早いかな」

そこへ、黒留袖姿の母と光沢のあるシルバーの三つ揃いを着た結人が現れた。三つ揃いのベストは黒で、慣れない服装に彼の動きがぎこちない。

「ママー」

「ゆいくん、かっこいいよ」

ウエディングドレスに気をつけてしゃがみ、小さな体を抱きしめる。

「ママ、かあいいぃ」

かわいいと言う結人に「ありがと～」ともう一度ぎゅっとする。

そこへノックがあり母が出ると、侑奈が入室してきた。ベビーピンクのショール付きの膝丈ドレスを着て、満面に笑みを浮かべて近づいてくる。

「紗世〜おめでとう！　幸せになってね」

「ありがとう。もう充分幸せよ」

侑奈と軽く抱き合い微笑み合う。それから侑奈は結人に向き直る。

「ゆいくんっ、すっごくかっこいいよ！　少し見ないうちに大きくなったね」

「もうあっという間に成長しちゃうんだろうね。加茂君は？」

「あ、雅則は遠慮して外にいるの」

母の方をチラッと見てから、侑奈は私の耳に顔を近づける。

母は結人と窓際にいて庭園を見ている。

「それよりもそこで旦那様を拝見しちゃった、なんてかっこいいの！　紗世が送ってくれた写真を見たけれど、実物は色気がだだ漏れの美形で……もう語彙が限界だわ」

興奮気味の侑奈に笑みが漏れる。

「加茂君もかっこいいよ。侑奈の結婚式ももうすぐだね」

「結婚式、紗世に先を越されちゃった。でも、紗世が幸せで私はほんっとーにうれしいよ」

「いつも支えになってくれてありがとう」

ウエディングドレスに気をつけて、侑奈にハグをする。

「当然よ。親友だもの。じゃあ、そろそろ行くね」

侑奈は母に「失礼しました」と声をかけて、花嫁控室を出ていった。

「侑奈さんは明るいわね」

「うん。彼女の助言がなかったら、今ここに立っていなかったと思う」

「……紗世、本当にあの男の件は申し訳なかったわ。一樹さんと幸せになってね」

「お母さん、二十五年間ありがとうございました。大変な時期もあったけれど、幸せを掴む過程だったんだなとつくづく思うの。失うものも大きかったけれど、今のお母さんは囚われるものがなくなって、あの頃よりずっと生き生きしているわ」

こんな話をすると涙が出てきそうになって、必死にこらえる。

「ええ。今の私は毎日幸福感に包まれているわ。あなたのおかげよ。ありがとう」

とうとうこぼれ落ちる涙を母がハンカチで拭ってくれる。

そこへドアがノックされて、鼻をぐすっとさせた母が開けに行く。

「お邪魔でしたか？」

「一樹さん、いいえ。今までのことを話していたら、うるっときてね。ちょっと化粧室へ行ってくるわね。ゆいくん、ばあばと行きましょう」

窓の外を見ていた結人が母の手を掴み、「パパ、バイバイ」と言って手を振って出ていく。

ドアが静かに閉まり、颯爽とした足取りで一樹さんが近づいてくる。

侑奈の言った通り、黒のフロックコートに身を包んだ一樹さんは素敵だった。

「紗世、美しいよ。お姫様みたいだ」

「一樹さんも。侑奈がとてもかっこいいって褒めていました」

そう言うと、彼は苦笑いを浮かべる。

「向こうでみんなに結婚式場のモデルみたいだとさんざんいじられたよ」

「ふふっ」

「紗世」

一樹さんの手が私の両手を握る。

「何度も言っているが、俺は幸せだ。結人を生んでくれてありがとう。これからもよろしく」

「よろしくお願いします。兄も……きっと見守ってくれていますね」

「ああ。実は言っていなかったが、慎一のおかげで紗世が倒れたホテルに居合わせることができたのかもしれない。行くつもりがなかったのに、あの日、一時間前にじかに断ろうと思い立って出掛けることを決めたんだ」

「……そうだったんですね」

そういえば兄が生きていた頃の話で、なんの件だったか覚えていないけれど、たとえ断り事でも相手に会って話すべきだと兄が一樹さんに話していたのを思い出した。

「まあ、あのことがなくても俺は紗世に会いに行くつもりだったけどな」

一樹さんは不敵な笑みを浮かべ、そっと唇を重ねる。

「そろそろ時間だな」

腕時計で確かめた一樹さんは私から離れる。

「祭壇で、君と結人を待っている」

「はい。待っていてくださいね」

一樹さんは顔を傾けて私の頬にキスを落とすと、部屋を出ていった。

あまりに絵になるうしろ姿に、結婚式場のモデルのようだとみんながいじるのも無理はないとクスッと笑いを漏らした。

ホテルの天空チャペルへとブライダルスタッフに案内され、閉じられた入口で母と落ち着かない様子の結人が待っていた。

母は結人を私の隣に立たせる。

「ゆいくん、ママのおててを握ってね。パパのところへ行こう」

「うんっ！」

ウエディングドレスの裾に気をつけながら、結人と手を握る。母は別の入口から
チャペル内へ入っていく。

「ばあばは？」

「ドアの向こうにいるよ。パパも待っているから、ゆっくり近づこうね。走っちゃだ
めよ」

「あいっ！」

ご機嫌のときの〝は〟ではなく〝あ〟に、緊張が少しだけほぐれてきた。

「ご準備はよろしいですか？」

「はい。お願いします」

チャペルの中からパイプオルガンの結婚行進曲の音色が聞こえてきて、観音開きの
扉が開いた。

天空チャペルと名前がつけられているだけあって、天井がガラス張りで本日の青空

がまぶしい。私が生けた花々も生き生きしている。
愛息子とゆっくり歩を進める先に、愛する一樹さんが笑みを浮かべて待っていた。

END

特別書き下ろし番外編

幸せな家族旅行

結婚式を無事に終えた翌日の夕刻、羽田空港から一樹さんが単身赴任していたロサンゼルスへ飛んだ。

これから約半月の新婚旅行というか、家族旅行が始まる。

頻繁に海外出張のある一樹さんとは異なり、私は外国が初めてで、飛行機も高校の修学旅行の北海道と、大学生のときで侑奈たちと行った沖縄旅行の二回だけ。

初めての海外旅行のフライトの席がファーストクラスだったことにびっくりした。

エコノミークラスしか知らない私には、見るものすべてが珍しい。

旅客機の真ん中二席が部屋のようになっていて、ラグジュアリーな椅子から脚が伸ばせるベッドに変えてもらえる。横になって眠るなんてとても贅沢だ。

ロサンゼルス国際空港に向かう上空で、私はしっかりとしたベッドに寝そべる。隣には結人が寝ていて、向こう側に一樹さんが体を投げ出していた。

私には余裕のあるベッドでも、百八十三センチある一樹さんには少し窮屈そう。

「結人、よく眠っているな」

「ですね。それほど神経質ではないので」

スヤスヤ隣で眠る結人の体に毛布を掛け直す。

「一樹さん、貴重な体験をありがとうございます。一流レストランが出すようなお料理で驚きました」

少し前に、フレンチのコースで一品ずつ、そしてそれぞれの料理に合わせたお酒も勧めてもらい、時間をかけて食事を楽しんだ。

彼の方に体を向けて微笑む。

「貴重な体験か。まだ始まったばかりだ。紗世と結人に楽しんでもらうプランを練ったから」

「まだそのプランを教えてくれないの？」

「知りたい？」

肘を立てて頭を支えこちらを向いている一樹さんが美麗な笑みを浮かべるから、心臓が高鳴り始めた。いつもそうなるので困っている。

「……本当は知りたいけど、我慢します。その方が楽しいもの」

「わかった。満足してもらえるようにガイド役を務めさせてもらうよ」

この会話を楽しんでいるみたいな一樹さんに、にこっとして「よろしくお願いします」と口にした。

フライトは定刻時刻より十分早く、九時過ぎにロサンゼルス国際空港に到着した。

脚を伸ばして眠れたので、約十時間のフライトも疲れていない。

一樹さんと私は結人の両側でそれぞれ手をつないで、イミグレーションに向かう。結人の足なので、ゆっくりと。

周りを見れば異国の人ばかりで、見るものすべてが初めてで、高揚感が止まらない。

とはいっても、高校、大学の頃は英語をがんばっていたものの、すっかりご無沙汰で不安になっている。

イミグレーションでは質問をされるらしいので、ガイドブックの入国審査の個所を勉強してきた。問題は英語が聞き取れるかだ。

緊張しちゃう……。

「紗世、俺が先に行くから。結人おいで」

「え？　あ、はいっ」

ひとり床に引かれた線の手前で取り残され、一樹さんは小さい透明な箱の中にいる入国審査官の前へ結人を抱いて立った。

緊張した面持ちで一樹さんの方を見ていると、流暢な英語で受け答えをして、機械の中を見て上に指を置いた。結人にも同じことをさせている。

入国するにもなかなか面倒なのね……。

一樹さんが終わって、入国審査官が指をクイッと曲げて私を呼ぶ。

パスポートを渡して、機械の中を覗き、指紋を取られた。

この後に質問、質問……。

身構えていると、入国審査官はパスポートを返し、「行っていい」と言われた。

え……？

そこから離れ、少し行った先にいる結人を抱いた一樹さんのもとへ行く。

「どうした？　不思議そうな顔をして」

「一樹さん、イミグレって、目的はなんなのかとか、何日間滞在なのか聞くってガイドブックにあったのに、まったく聞かれなくて……」

「俺が、うしろにいる女性は妻だと言ったからだろう。なんだ、質問されなくてがっかりした？」

「い、いいえ、ホッとしました」

その言い方がおかしかったのか、一樹さんはクッと笑う。

「荷物を取りに行こう」

「はいっ」

約半月の旅行で、結人が予期せぬ不測の事態になっても万全であるように、必要だと思うものを大きめのキャリーケースに詰めてきた。

ターンテーブルに次々と大きな荷物が流れてくるのを、結人は興味深そうに見ていて、隙あらば近づこうとする。

「ゆいくん、近づいたら危ないからだめよ」

「紗世は結人とここで待ってて」

一樹さんは流れてきた自分たちのキャリーケース三つとベビーカーを手際よく外に出し、カートにのせた。

「結人、ベビーカーを使うか？」

乗りたくないようで、首をブンブン左右に振る。

いつもと違う雰囲気に結人も興奮しているみたいだ。

「じゃあ、迎えの車までがんばって歩こうな。紗世、結人を頼む」

「はい。ゆいくん、おててつないで」

一樹さんはキャリーケースなどを置いた重たいカートを押して、迎えの車まで案内してくれる。

ドアを出て、空気が日本と違う気がした。

一樹さんが迎えの黒い高級ワゴン車を見つけて近づくと、そこに立っていた浅黒い顔に髭を生やした運転手がにこやかに出迎えてくれる。

一樹さんと運転手は、顔見知りのように親しげに話をしている。

「紗世、世話になっている運転手のミゲルだ」

一樹さんはミゲルさんに私と結人を紹介し、私たちを車の中へ促す。

後方に荷物を移動させたミゲルさんは運転席に座った。一番うしろの席に、チャイルドシートに座った結人とその隣に私、運転席の斜めうしろに一樹さんが座り、車が走り出した。

空港から何車線もあるハイウェイを走行し、しだいに高層ビル群が見えてきた。

名前だけ知っているビバリーヒルズの老舗高級ホテルで車が止められ、アーリーチェックインを済ませてキャリーケースを部屋に入れた後、ミゲルさんの運転でサンタモニカビーチを目指す。

観光客や地元の人たちで賑わっており、半袖に短パン姿の人が多く見られる。

結人を砂浜で遊ばせてから、ランチにすることに。

メインは大きなロブスターで、海岸沿いにあるオープンレストランで食べる料理はおいしくて、心地いい潮風を感じながら食が進む。

結人は身がなくなったロブスターの殻の半分を持って遊んでいる。

ロスに来たばかりだというのに、スマホに収めた写真はすでにたくさんで、旅行の終わりには容量が心配になりそうだ。

ほかにもデジタルカメラやビデオも持ってきているが、スマホはつい便利でそればかりになる。

「一樹さん、素敵なところですね。ここへはよく来たの？」

「いいや、仕事ばかりで週末は知り合いのワイナリーで飲んでいるか、持ち帰った仕事をしているかだったな」

「ワイナリー？」

「ああ。ロスから車で三時間ちょっとかかるんだが、サンルイスオビスポの街にワイナリーがかなりあって、そこのひとつを日本人夫婦が経営しているんだ。ご夫婦の人柄がよくて、リラックスできる場所だった」

懐かしむような一樹さんに、ロサンゼルス支社の重責を背負って仕事に従事するのはさぞ神経をすり減らすものだったのだろうと推測できる。

「素敵な人たちにこの旅行で会う予定は？」

「残念ながらないんだ。今度来たときには日程に組み込もう」

「はい。すでに街の雰囲気がよくて好きになってるので、また来られたらうれしいな」

「この後は結人を遊園地で遊ばせよう」

座っている場所から見える、サンタモニカ・ステート・ビーチに突き出た桟橋にある遊園地だ。


夕刻、帰りの車の中で結人は遊園地で一樹さんがゲームで取った大きなぬいぐるみを抱きかかえて眠っている。

太平洋を眺められる観覧車やキッズゾーンの乗り物に乗り、結人は終始大はしゃぎだった。

一樹さんはうしろにいる私へと顔を向けた。

「夕食は知り合いの焼肉レストランへ案内しようと思っているんだが？」

「わぁ、お知り合いのお店なんですね。一樹さんのここでの生活を垣間見られてうれしいです」

「垣間見られるって……」

喜ぶ私に一樹さんが苦笑いを浮かべる。

「ロスにいる一樹さんを考えないようにしていたので、そのぶん知りたいの」

「俺も紗世が恋しかった」

座席から手が差し出され、私も伸ばして握る。

すると、運転席のミゲルさんが一樹さんになにか声をかけている。

「クッ、車中でやることじゃないな」

「ミゲルさんはなんて？」

一樹さんの手が離れる。

「綺麗な奥さんの手を握りたいのはわかるが、その体勢ではきついと。今夜――嫌、やめておこう」

「今夜……」

なにを言われたのか推測できて、顔に熱が集中してきた。

ダウンタウンの焼き肉レストランは、スタイリッシュながらも和風の小物などが置かれていて、日本を感じる。

「まあまあ！　一樹さん、お待ちしていました」

一歩店内へ入ると、一樹さんはふくよかな年配の女性に歓迎された。

「若林さん、ご無沙汰しております。相変わらず繁盛されていてうれしいです」

「一樹さんのおかげですよ。あらぁ、こちらが奥様！　それにかわいいお子さんも。初めまして。女将の若林です」

にこにこと人懐っこい笑顔の女将に、私も満面の笑みで挨拶をする。

「到着した日に来ていただくなんて幸せですよ。ほかにもレストランなんてごまんとありますからねぇ」

「ここの焼肉は最高ですから。いつものを二人前お願いします」

「かしこまりました」

個室に案内され、オレンジジュースとビールを運んできた女将は、「ごゆっくりどうぞ」と忙しそうに立ち去る。

運転手のミゲルさんは別のテーブルで食事をしてもらうようだ。

「素敵な女将さんですね」

「ああ。温かくて、週に一度は来ていたかな」

「そんなに……でも、わかる気がします」

あんなに人を和ませる笑顔で出迎えられたら、頻繁に来たくなるだろう。

選りすぐりのお肉も、やわらかくてとてもおいしい。

結人は小さく切ったカルビと白米をもりもり食べている。一日中遊び回ったり海風にあたったりして、体力を使ったからおなかが空いているみたい。甘めのたれも食を進ませるのだろう。

食事が終わった頃、女将さんの旦那様、大将が挨拶に現れた。

スキンヘッドに日本手拭いをハチマキのように巻いている。一見強面だけれど、笑うとてもかわいく見える。

「あなたが紗世さんですか。驚きましたよ。一樹君の子どもを身ごもっていたとは」

内情を知っている様子に驚いた。

「いやね、こっちに来てすぐくらいだったか。うちは店が繁盛しなくて悩み、一樹君は好きな人が結婚するんだと傷心していて、明け方まで飲み明かしたんですよ」

一樹さんは照れくさそうに「紗世のことだ」と口にする。

「それが、こんなにかわいいぼっちゃんを連れて来店してくれるとは。奥様、うちが繁盛しだしたのは一樹君のおかげなんですよ。個室は以前なくてね。彼が店の経営に親身になってくれまして」

子どもの頃、勉強で困っているところはないかと聞いてくれた一樹さんを思い出した。親身になるところは変わっていない。

「一樹君が日本に戻って、子どもがいなくなってしまったみたいに寂しかったんですよ。ご家族を連れてきてくれて、今日は最高の日ですよ」

「大将さん、お料理とてもおいしくいただきました。日本を離れた一樹さんが温かいご夫婦と交流を持っていたことを知って、安堵しました。ありがとうございました」

「いやぁ、一樹君が惚れ込むのも当然で、綺麗で素敵な奥様だ」

大将さんに褒められて、くすぐったい。


ホテルに戻ってきたのは二十二時を回っていた。

何回かお昼寝をしている結人はびっくりするほど元気で、私の方が疲れている。ビールを二杯飲んだだけだが、全身が気だるい。

ホテルは白い大理石を基調にしたラグジュアリーなインテリアで、窓からはロサンゼルス中心部の夜景が眺められる。

「はぁ～、楽しかった。一樹さん、疲れていない？」

「平気だ。紗世は疲れている顔をしている。明日もあるから早く休んだ方がいいな。三人で風呂に入ろうか」

「え？　三人で？　そんなに大きなお風呂が？」

「問題ない。着替えを用意して。結人、風呂にお湯を入れてこよう」

一樹さんはぴょんぴょん跳ねている結人を連れて、バスルームへ消えていった。

翌日から、テーマパークで朝から晩まで遊び、ハリウッドで観光し、夜はグリフィス天文台まで足を伸ばした。

グリフィス天文台は高台にあるので、ホテルからよりもロスの夜景が綺麗に見える。

ロサンゼルスをたっぷり堪能して、一樹さんは私たちをラスベガスに連れていってくれた。

ラスベガスは至るところにテーマパークのようなホテルが建ち並び、歩いているだけで楽しい。噴水や火山のショーは頻繁にあり、ロサンゼルスより日中四度ほど違うのでプールにも入れて結人は大満足だ。

滞在したホテルではイルカも飼育されていて、かわいい姿にはしゃぐ結人とそばで見守る一樹さんを見ていると、幸福感に包まれる。

三日間、ラスベガスをたっぷり楽しんだ翌日、キャリーケースなどを積んだレンタカーで早朝グランドキャニオンへ向かった。

長年のコロラド川の浸食で作られたグランドキャニオンへは、通常バスやセスナ機で訪れるようだけど、一樹さんの計画はレンタカーだった。

車で訪れるには片道五時間ほどかかる。だけど、単身赴任しているときから車で走ってみたかったが時間が取れずに断念したらしく、今回はその夢を叶えたいのことだった。

広大な赤い土地、果てしなくまっすぐ続く道、その景色は西部劇の場面を彷彿とさせるものだった。

途中で何度か休憩して、十三時過ぎに到着した。

「ゆいくん、見て！　すごい高さよ」

柵から見える、グラデーションのような茶色の断崖。古代の地層を目のあたりにしてとても感動しているが、とても高い場所からでちょっと怖さもある。

一樹さんが結人をしっかり抱きかかえていてくれる。

「これを見ると、アメリカはとてつもなく広いのを実感するよ」

「本当に……」

高さを我慢できるのなら、ずっと見ていたいくらい偉大で広大な光景だ。

結人のおでこに光る汗をハンカチで拭う。

家族三人ともTシャツとジーンズ姿のカジュアルな格好でいるが、暑くて汗が出てくる。

ここでも写真をたっぷり撮り、数枚を母や義母、侑奈にもメッセージに添付して送った。

すぐ近くのギフトショップにはターコイズやドリームキャッチャー、Tシャツ、ハットなどが売っている。

結人が欲しがったのは、羽や布で作られているドリームキャッチャー。〝悪夢を見ない〟、〝幸せを呼ぶ〟などと言われている。

「これっ！」

一樹さんが持たせたら放そうとしない。

「これが欲しいのか？」

父親に尋ねられて、「うん！」と元気よくうなずく。

「わかった。大切にしような」

「うんっ！」

もう一度大きく返事をする結人に、一樹さんは頬を緩ませた。ふたりのやり取りを楽しく聞いていた私に、一樹さんの目が向けられる。

「紗世の欲しいものは？」

ターコイズの装飾品が陳列しているブースへ歩を進める。

「え？ ないです。あ、でも、侑奈にターコイズのピアスを買おうかなと」

「紗世のも買えばいい。ピアスじゃなく、クッ」

片手を口もとにあてて一樹さんは笑っている。

「いきなりどうして笑うの？」

「ピアスで思い出したんだ。イヤリングをつけてくださいって言ったときの紗世を。

誘惑する君がかわいくて、困り果てたよ」

「もうっ、そんなの思い出さないでっ」

あのときの羞恥心はいまだに覚えている。

「あ、事務所の工藤さんにはこのペンダントがいいかも」

大きめのオーバルのターコイズなのでなかなかの値段だが、いつもお世話になっているし、母と私をずっと支えてきてくれた工藤さんに感謝を込めて購入しよう。

「綺麗だな。紗世のは俺に選ばせてくれ。ハネムーンの記念に。これがいい」

一樹さんが選んでくれたのは、滴形のターコイズのネックレス。喉もとの下辺りにちょうどトップがくるくらいの長さで、チェーンはプラチナだった。

店内にあるどれよりも高級なものを手にする一樹さんは、スケールが違う。

「これが紗世に似合いそうだ」

「ありがとう。うれしいわ」

買い物を済ませ出口に向かう一樹さんに、レストルームへ行ってくると伝える。

「わかった。出たところにいる」

一樹さんは結人を連れて店を出た。結人の手には、レジで買った印をつけてもらったドリームキャッチャーが握られている。

実のところ、レストルームへ行くのではなく、一樹さんのプレゼントを買いたかったのだ。

目あてのものを購入して、斜め掛けのショルダーバッグにしまうと、ふたりのもとへ向かった。


ラスベガスには戻らずそこから二時間車を走らせて、パワースポットで有名なセドナへやって来た。

時刻は十八時になろうとしているが、まだ外は明るい。

車に乗ってからずっと寝ている結人をベッドに移動させても、まだぐっすりだ。

る。

「運転お疲れさまでした」

「そうでもない。念願のドライブだからな。楽しんでハンドルを握っていた」

チェックインして案内された部屋は低層階ながら、周りの赤茶色の山々が眺められる。

一樹さんはカウンターバーの冷蔵庫からシャンパンを取り、栓を抜いてからテラスに運んでくる。

「シャンパンをテラスで?」

「そう。これから大自然のショーが始まる」

グラスに注ぎ、いつもはグラスを重ねないが今はコツンとさせて、一樹さんは清々しい笑みを向ける。

「俺の妻になってくれてありがとう。三人で休暇を存分に楽しめて幸せだ」

「一樹さん……私も。私の知らない世界を見せてくれてありがとうございます」

ひと口飲み、おいしいシャンパンに目を見張る。

「最高においしいわ」

「紗世好みのシャンパンを用意してもらったからな」

「私好みの……一樹さん、ありがとう」

「ほら、向こうを見るんだ」

一樹さんの示す方向へ顔を向けると、赤い太陽がはだけた山の間に沈んでいくところだった。

周りの景色がオレンジ色に染まり、呼吸を忘れるほどの美しさだ。

微動だにせず壮麗な景色を眺めていると、背後から一樹さんの腕が回り、髪に口づけが落とされる。

「素晴らしい光景……」

「朝日もうっとりするくらい美しいよ」

見ているうちに大自然のショーは終わり、あっという間に夜の帳(とばり)が下りた。

「一樹さんっ、空を見て！　たくさんの星よ。なんて綺麗なの！」

壮大な自然のおかげで空気も澄み、星が広がっているのだろう。

「そうやって喜ぶ姿は結人みたいだな」

「私より一樹さんの方にゆいくんは似ているわ」

一樹さんは口もとを緩ませ、私の顎に長い指を置く。

「俺たち両方に似ているってことで」

顎が軽く持ち上げられて、唇が甘く重なった。

少しして結人が目を覚ました。

夕食は肉厚のパテが入ったハンバーガーやフライドポテトのルームサービスを頼み、先に一樹さんと結人がシャワーに入った。

ふたりが出てくると、急いで汗を流しにシャワーブースに立つ。

綿のミントグリーンのサンドレスを着て、髪の毛をタオルで拭きながら部屋に戻ると、キングサイズのベッドの上で一樹さんは結人に絵本を見せていた。

絵本はロスに来てから買った現地版で、一樹さんは英語で読み聞かせている。

「ママっ、キャット！」

「え？　ゆいくん、猫が英語で言えるの？」

結人は絵本にのっている猫を指さして「キャット、ママ」と口にしてうれしそうに笑う。

「結人は紗世が猫に似ていると言っているんだ」

「ママ、キャット！」

ベッドの上でぴょんぴょん跳ねて喜ぶ結人だ。

「かわいいキャットね。ありがとう」

結人はニコニコしてうなずき、思い出したようにベッドからよいしょと足から降りて、テーブルの上にあったドリームキャッチャーを持って戻ってきた。

しばらく結人のお気に入りのものになるのは間違いないだろう。

セドナに数日間滞在し、パワースポットとして有名な四大ボルテックスのうちのひとつ、〝エアポートメサ〟は子連れでも登れるという岩山で、駐車場から五分ほど行った先に絶景ポイントがある。

そういったところへ出掛けたり、ホテルのプールで遊んだり、のんびり過ごした。

セドナは町全体がパワースポットなだけあり、活力がみなぎる気がする素晴らしい街だった。

楽しかった旅行が終わるのが残念でならない。

帰りはセドナ空港からロサンゼルス空港へ飛び、トランジットでお昼過ぎのフライトで日本へ戻る。

羽田空港に到着するのは日付変更線を通るので、翌日の夕方になる。

まだ搭乗まで時間がありラウンジへ行く前に空港内を散策していると、たくさんの子どもを連れた夫婦を見かけた。

赤ちゃんからティーンエージャーまで七人はいるだろう。

大変そうだけど楽しそう。

賑やかな家族を見ている私に一樹さんが気づき、そちらへ視線を向ける。

「大家族だな」

「ですね。大変そうだけど楽しそう」

「紗世はたくさんの子どもが欲しい？」

「んーあんなには……でも、お母さんが言っていたんです。兄が亡くなってもうひとり産んでいればよかったって。子育ては大変だけど、楽しみは何倍にもなるって」

大家族が去り、辺りが静まる。

「そうだな。俺もそう思う。子育ては大変だけどな。今回ずっと結人といてつくづく感じた。毎日母親は苦労しているんだな」

「一樹さんは会社で戦っているでしょう？　家庭のことは安心して任せて。あ、渡せなかったんだけど、これ」

ショルダーバッグから、グランドキャニオンのショップで買ったターコイズのネクタイピンを出して渡す。

「紗世、あのとき買ったのか」

「記念のネックレスを買ってくれたんだから、私も一樹さんにあげたいと思って」

「ありがとう。素敵なタイピンだ。大切に使わせてもらう」

軽く唇が重なり、恥ずかしくて頬に熱が集まった。

一樹さんはそんな私を見て、不敵な笑みを浮かべる。

そのときふいに、私と手をつないでいた結人がすり抜けて駆け出した。

「あ、結人そっちへ行ってはだめだ」

一樹さんが走る結人を追いかけ、その姿に心が温まる。

これから何人家族になるかは神様のみが知ることだけど、四人家族になるのもそう遠くはない気がする。

END

あとがき

このたびは『財界帝王は初恋妻を娶り愛でる～怜悧な御曹司が極甘パパになりました～』をお読みいただきましてありがとうございました。

この作品で紙書籍のシークレットベビーは三作目になります。

その設定の中で前回はマレーシア、イタリアと海外を盛り込んでいましたが、今回は「大好きな外国を入れられなかった……」と、編集さんに原稿を送ったのですが、番外編に新婚旅行は?と提案していただき、ロスからセドナまでの家族旅行を書くことができました。

実は、番外編の作中に出ていたグランドキャニオンは私の新婚旅行で訪れた場所です。ラスベガスからセスナで向かったのですが、セスナはものすごく揺れました。その揺れの中、私はぐっすり眠っていて、隣の主人は「よく眠れるな」とあきれていたそうです（笑）

話は変わり、前回のあとがきを読みましたら、第六波が来ないように祈っていましたが、来ちゃってましたね……。

現在、感染者がなかなか減らない時期にあとがきを書いていますが、発売日の五月にはすっかり落ち着いていることを願うばかりです。

皆様もご自愛なさってください。

最後に、この作品にご尽力いただだいたスターツ出版の皆様、担当の若海様、編集をご協力いただきました八角様、ありがとうございました。

南国ばなな先生、家族三人のほのぼのとしていながら、一樹の色気のある表情と、透明感のある紗世、可愛い結人を描いてくださりありがとうございました。

デザインを担当してくださいました稲葉様、そして、この本に携わってくださいましたすべての皆様にお礼申し上げます。

これからも小説サイト『Berry's Cafe』、そしてベリーズ文庫の発展を祈りつつ、応援してくださる皆さまに感謝を込めて。

二〇二二年五月吉日

若菜モモ

若菜モモ先生への
ファンレターのあて先

〒104-0031
東京都中央区京橋 1-3-1
八重洲口大栄ビル 7F
スターツ出版株式会社　書籍編集部　気付

若菜モモ先生

本書へのご意見をお聞かせください

お買い上げいただき、ありがとうございます。
今後の編集の参考にさせていただきますので、
アンケートにお答えいただければ幸いです。

下記 URL または QR コードから
アンケートページへお入りください。
https://www.berrys-cafe.jp/static/etc/bb

財界帝王は初恋妻を娶り愛でる
～怜悧な御曹司が極甘パパになりました～

2022年5月10日　初版第1刷発行

著　者　若菜モモ
©Momo Wakana 2022

発行人　菊地修一

デザイン　カバー　ナルティス
フォーマット　hive & co.,ltd.

校　正　株式会社　文字工房燦光

編集協力　八角さやか

編　集　若海瞳

発行所　スターツ出版株式会社
〒104-0031
東京都中央区京橋1-3-1　八重洲口大栄ビル7F
TEL　出版マーケティンググループ　03-6202-0386
（ご注文等に関するお問い合わせ）
URL　https://starts-pub.jp/

印刷所　大日本印刷株式会社

Printed in Japan

乱丁・落丁などの不良品はお取替えいたします。
上記出版マーケティンググループまでお問い合わせください。
定価はカバーに記載されています。

ISBN 978-4-8137-1260-2　C0193

ベリーズ文庫 2022年5月発売

『契約夫婦を解消したはずなのに、凄腕パイロットは私を捕らえて離さない』 田崎くるみ・著

借金を返すため、利害が一致した財閥御曹司・誠吾と契約結婚した凪咲。完済し、円満離婚した…と思いきや、就職先の航空会社で誠吾と再会！　彼は社内で人気のパイロットだった。昔はCAになるため勉強中の凪咲を気遣い離婚を受け入れた誠吾だったが、「もう逃がさない」と猛追プロポーズを仕掛けて…!?

ISBN 978-4-8137-1245-9／定価715円（本体650円＋税10%）

『財界帝王は初恋妻を娶り愛でる～怜悧な御曹司が極甘パパになりました～』 若菜モモ・著

母の借金返済のため、政略結婚が決まった紗世。せめて初めては好きな人に捧げたいと願い、昔から憧れていた御曹司の京極と一夜を過ごす。すると、なんと彼の子を妊娠！　転勤する京極と連絡を絶ち、一人で育てることを決意するが、海外帰りの彼と再会するやいなや、子ごと溺愛される日々が始まり…。

ISBN 978-4-8137-1260-2／定価726円（本体660円＋税10%）

『絶対に愛さないと決めた俺様外科医の子を授かりました』 立花実咲・著

保育士の美澄がしぶしぶ向かったお見合いの場にいたのは、以前入院した際に冷たく接してきた因縁の外科医・透夜だった！　帰ろうとするも彼は「甥の世話を頼みたい」と強引に美澄を家に連れ帰り、なぜか契約結婚を申し込んできて…!?　冷淡に見えた彼は予想外に甘く、美澄は彼の子を身ごもって…。

ISBN 978-4-8137-1262-6／定価704円（本体640円＋税10%）

『離婚却下、御曹司は政略妻を独占愛で絡めとる』 砂川雨路・著

社長令嬢の柊子は幼馴染で御曹司の瑛理と政略結婚することに。柊子は瑛理に惹かれているが、彼の心は自分にないと思い込んでおり、挙式当日に「離婚したい」と告げる。昔から柊子だけを愛していた瑛理は別れを拒否！　この日を境に秘めていた独占欲を顕わにし始め、ついに柊子を溺愛抱擁する夜を迎え…。

ISBN 978-4-8137-1261-9／定価715円（本体650円＋税10%）

『婚前契約書により、今日から私たちは愛し合う～溺愛圏外のはずが、冷徹御曹司は独占欲を止められない～』 ふじさわさほ・著

銀行頭取の娘である奈子は、鬼灯グループの御曹司・宗一郎とお見合いをする。紳士的な彼とならとプロポーズを承諾するも、直後に手渡されたのは妊娠や離婚などの条件が書かれた婚前契約書で…!?　まるで商談のように進む結婚に奈子は戸惑うも、彼がたまに見せる優しさや独占欲に次第に絡め取られていき…。

ISBN 978-4-8137-1263-3／定価704円（本体640円＋税10%）

ベリーズ文庫 2022年5月発売

『絶体絶命の転生ライフ、カタブツ騎士団長の溺愛にたじたじです～追放された子猫は愛妻にジョブチェンジ!?～』 友野紅子・著

社畜OLから転生した猫・ルーナは、月光を浴びると人間に変身する不思議な力があることで森から追放されてしまう。衰弱しているところを王国騎士団長・レリウスに助けられ、溺愛される日々がスタート！　ところがある夜、秘密の姿を見られてしまい絶体絶命かと思いきや、愛妻ルートに突入して…!?

ISBN978-4-8137-1264-0／定価726円（本体660円＋税10%）

『悪最強守護騎士の過保護が止まりません！～転生令嬢、溺愛ルートまっしぐら!?～』 櫻井みこと・著

公爵令嬢のセシリアは、ある日道端で美麗な少年・アルヴィンに出会う。互いに不遇な運命を話していると、いきなり前世の記憶が蘇り、自分がゲームの中の悪役令嬢に転生したと知り…!?　このままいくと破滅エンドしか残っていないのに、なぜかアルヴィンから溺愛される日々が始まってしまい…!?

ISBN 978-4-8137-1265-7／定価726円（本体660円＋税10%）

ベリーズ文庫 2022年6月発売予定

Now Printing

『敏腕弁護士と未必の恋!?』 高田ちさき・著

大手国際法律事務所で働く純菜は、エース弁護士である鮫島のアシスタントをしている。いつもからかってくる彼に振り回されていて、苦手意識があった。ところが、あることをきっかけに契約結婚を提案され、戸惑うも互いの利害の一致から結婚することに！　仮初関係のはずが、彼から溺愛を注がれて…!?

ISBN 978-4-8137-1274-9／予価660円（本体600円＋税10%）

Now Printing

『シンママでしたが、次期病院長に双子ごと溺愛されています』 未華空央・著

看護助手の菜々恵は酔っ払いに絡まれたところを、同じ病院で働く心臓外科医・水瀬に助けられる。それがきっかけで彼と急接近し、熱い一夜を過ごすと…なんと双子を懐妊！　でも水瀬には婚約者がいるとわかり、一人で育てることを決意する。ところが、彼は姿を消した菜々恵を探し出し、激愛を溢れさせて…!?

ISBN 978-4-8137-1275-6／予価660円（本体600円＋税10%）

Now Printing

『政略結婚から逃れたら、エリート脳外科医の手に甘く捕われました』 紅カオル・著

大病院の令嬢であることを隠し、都内で働く楓は、近々実家に帰り政略結婚する予定。しかしある夜、楓は敏腕脳外科医で御曹司の雅史と体を重ねてしまう。一夜の過ちと思う彼女に対し、雅史は独占欲全開で激愛を注いでくる。一方雅史にも縁談が舞い込み、結ばれない運命のふたりは引き裂かれ…!?

ISBN 978-4-8137-1276-3／予価660円（本体600円＋税10%）

Now Printing

『許嫁御曹司が秘めた、執着的溺愛』 pinori・著

ホテル御曹司の匡と結婚した平凡女子の美織。密かに彼に憧れていたが、親が決めた結婚で愛はなく、肌は重ねられても心は重ねられないと寂しく思う。しかも、彼には他に好きな人がいて…!?　そんな折、美織の妊娠が発覚！「お前を離さない」――溢れる溺愛に、身も心もとろけてしまい…。

ISBN 978-4-8137-1277-0／予価660円（本体600円＋税10%）

Now Printing

『タイトル未定(完全書き下ろし)』 滝井みらん・著

18歳だった寧々は、父の作った借金を返すため歩道橋から身投げしようとしていた。危ないところを助けてくれた御曹司・鷹臣から提案されたのは、借金返済の代わりに5年間彼の契約妻になることで!?　婚姻後は一切顔を合わせずにいたのに、離婚予定日を前に彼と情熱的な一夜を共にしてしまい…。

ISBN 978-4-8137-1278-7／予価660円（本体600円＋税10%）

タイトル、価格等は変更になることがございますのでご了承ください。

ベリーズ文庫 2022年6月発売予定

Now Printing

『転生王妃ですが、貢ぎ物のはずがオオカミ陛下のつがいになるようです』 晴日青（はるひあお）・著

夫と側室の策略により、王妃ナディアは獄中で命が尽きた――と思いきや、目覚めるとそこは四年前の世界⁉　二度目の人生は平穏に過ごそうとするも、今度は獣人国の王・ゲルハルトへの貢ぎ物になってしまう。冷酷な黒狼王は予想外にナディアを寵愛し、色気たっぷりにつがいになることを求めてきて…⁉

ISBN 978-4-8137-1279-4／予価660円（本体600円＋税10%）

タイトル、価格等は変更になることがございますのでご了承ください。